青春的述说·90后校园文学精品选

高长梅　尹利华　主编

那些年，我们一起追风的少年

顾彼曦　著

九州出版社 JIUZHOUPRESS｜全国百佳图书出版单位

图书在版编目（CIP）数据

那些年，我们一起追风的少年/顾彼曦著.—北京：九州出版社，
2014.3（2021.7 重印）

（青春的述说：90后校园文学精品选/高长梅，尹利华主编）

ISBN 978-7-5108-2772-3

Ⅰ.①那… Ⅱ.①顾… Ⅲ.①散文集–中国–当代 Ⅳ.①I267

中国版本图书馆CIP数据核字（2014）第042273号

那些年，我们一起追风的少年

作　者	顾彼曦 著
出版发行	九州出版社
地　址	北京市西城区阜外大街甲35号（100037）
发行电话	（010）68992190/3/5/6
网　址	www.jiuzhoupress.com
电子信箱	jiuzhou@jiuzhoupress.com
印　刷	北京一鑫印务有限责任公司
开　本	710毫米×1000毫米　16开
印　张	9
字　数	138千字
版　次	2014年5月第1版
印　次	2021年7月第5次印刷
书　号	ISBN 978-7-5108-2772-3
定　价	32.00元

前言

　　随着中小学课程改革的进一步深入，我们欣喜地看到，许多学校的校长、教师对校园文学与课程建设、学校文化建设紧密关系的认识，上升到前所未有的高度。

　　有识之士认为，校园文学对于学生完善自我、陶冶心灵、挖掘情商、启迪智慧，培养想象力和创新精神，具有其他教育形式不可替代的作用。作为学校教育重要形式和载体的校园文学，在学校的课程中得到了充分体现，占有了一席之地。

　　我们更欣喜地看到，许多学校在校园文学作品进入阅读教材、校园文学创作融入写作教学等方面做了大量行之有效的探索。他们认为，阅读教材中引进校园文学作品，使阅读教学内容更加丰富、新颖，贴近学生的生活、思想和鉴赏兴趣。紧密联系校内外各种实践活动，创造契机，搭建平台，让学生适当进行课外的文学创作，使课内外写作结合，促进了写作教学改革。

正如《第三届全国校园文学研究高峰论坛宣言》所说的那样：校园文学走进课程，是语文学科建设和改革的重要抓手，有助于学生综合素质的培养、语文教学效率的提高、语文教师专业化水平的提升以及整个语文学科的改革发展。

　　这套 10 本校园文学作品集，作者都是 90 后，他们的生活、他们的思想、他们的情感，与现在的 90 后乃至 00 后读者是相通的。我们相信，这些作品会和这些读者产生共鸣，从而达到我们出版这套书的目的——为读者提供一套他们真正感兴趣的、接地气的作品。

目录

目录

第三辑　怀念过去那一段时光

目录

第五辑 青春是一颗忧伤的子弹

第一辑

南方的雨声

夜晚的风

夜晚的风不停地吹过她的脸颊
她把上衣拉得更紧了。都市的霓虹
是冬夜的火把，普照大地却感受不到丝毫的温暖

她站在车流最繁忙的马路中央
等待一声安静而不痛苦的轰鸣声降临
她在模糊的世界里，听到了狂乱的声响
那是她小时候最爱吃的冰糖葫芦

她一步一步地走开，上帝的明眸是绝望的眼泉
她掏出身上所有的钱，都买不起一串冰糖葫芦
她是乞丐。那个长满胡茬的男人对她大声说道
"孩子，大叔请你吃吧，快回家，天冷，父母会心疼"
她什么话也没有说，冰糖葫芦还是那么甜

风还在不断地吹着，往事仿佛又回到了从前
眼泪忍不住地向黑夜更深处蔓延
在这个凄楚而寒冷的路口
她遇见了她死了很多年的父亲

这个冬天是没有颜色的

这个冬天是没有颜色的，刺骨的风一层一层地剥开
属于季节的忧伤。他抱着颤抖的她，大声哭泣
他的眼泪是冰柱，他的身体是冰柱，他的心在发高烧
白色的雪花不断地压低城市上空的电线
候鸟疾驰而过
风把鸟屎吹进了他的瞳仁里
她慌忙地挣脱开他温暖的怀抱
她轻轻地剥开他的眼眸，一层一层地剥
她朝着他的眼眶吹了又吹
他一层一层地流泪
在这个世界最寒冷的角落
他们诉说着属于上辈子的幸福

第一辑 南方的雨声

错误

风吹落了，最后的一片叶子
在秋天，昏黄的光线
囚禁着都市的夜晚

在这样的季节里
你走了，含情脉脉，望着远方
我看到了怒放在你嘴角边的紫荆花
像我妈妈的眼睛
深得不能装下一滴酒

我不愿相信这一切都是真的
你说过，你会爱我，马不停蹄
我不相信火车能把你捎到十里之外的田野
我不相信，这一切，后来都是真的
火车终究还是没有停下来
也错过了下一班列车

南方的雨声

听说南方的雨，有着夜的温柔
洁白的裙子上，沾满了粉色的花瓣
于是，我爬上向南的列车，赶在雪落之前
听，南方的雨声

依靠在窗前，选一个最佳的角度
做一个有操守的人。偌大的城市上空
所有的点滴构成了线的结局
我在想，南方的雨能敲击出夜的交响曲吗

终于等到了下雨天
我想起了小时候
常躲在妈妈的怀里听雨声
听着听着就睡着了。长大了的孩子
还是喜欢听雨声，听别人的故事
听别人的故事中有没有自己演绎的角色

如今，母亲还在北方的瓦房里
顶着草帽，拿着锄头，房檐水不断地落下
她把袖子挽了又挽，银色的头发落到了水里
南方的雨声，还是和从前一样滴答滴答地响着
每响起一次，我就心疼很久

南方的风

现实生活不断地将我压缩

小到只有蚂蚁那么大，那么黑

每天都是新的一天

每天都有新的故事发生

庞大的落日，法国梧桐树下

那个骑着自行车吆喝的老头子

十七岁的女孩。买走了

冬日里，最后的一株冰糖葫芦

朱红色的木格子窗户外

一张玻璃隔开了一个世界

干净的河床上，那么多日光也照不明

我活动的世界那么小，小得只剩下一张床

对你说，喜欢你，那么多慷慨

那么多的风也吹不透

南方的路

南方，雨水沿着香樟树干流落到地心
干净的河床上，鱼儿在打滚
火车在黎明之前，穿过城市的胸膛
远方，有巨大的轰鸣声
高高的电线将天空编织得越来越暗
落日下，一只蚂蚁穿过操场
树被风吹得沙沙作响

竖起大拇指和食指，透过指缝仰望南方的天空
冬日里最后的一颗星星消失在了峡谷
在北方，我找了很久很久去南方的路
每次调好的角度，不是太大
就是太小

南方的姑娘

她有一对碧蓝碧蓝的眼睛

十米之外

足以令人窒息

她有着迷人的嘴唇，深深的酒窝

如三月里的两瓣桃花

一瓣在雨中，一瓣正盛开

她迈着轻盈的步子，她在心里默念着心上人

她羡慕别人的故事，一个人的时候

她就哭个不停。她没事有事的时候

耳朵里总是插着耳机，这只是个习惯

偶尔在夜里她也会哼几曲，她唱着别人的歌

她越加忧伤

她的腰还是那么纤细如柳枝，她徘徊在岸上

湖水是秋安静的脸，

她梳起留了很久的齐肩刘海，她烫了一头卷发

她把往事都封存进时光机里

她曾经那样美丽的微笑，她是个南国女郎

她曾经走在一束芦花的春天里

那时，牧童正唱着动人的情歌

南方的街道

街道有手掌那么宽，比食指还要长

我是一只蚂蚁，从手背爬向手掌

却怎么也爬不到手心

夜晚那么深，那么多昏暗的街灯

我没心没肺地走着

每走一步，都会收到一条短信

每走一步，我都在想我去哪里找你

南方的街道还是那么笔直

怎么走也走不到尽头

也许我该停下来了，告诉你我已经安全到达

我有点想你

你说那就好，我的心可以不再恐惧了

你回答得那么的简单，我的情绪却那么复杂

顿时声泪俱下

夜晚

夜晚有忽明忽暗的街灯
夜晚有不完整的身影
夜晚有接连不断的呼吸
夜晚有走丢的人

比如一只摔倒在泥坑里的甲壳虫，一匹发着蓝光的饿狼
一条不会呼吸的鱼，一个脱光衣服走在大街上寻找寂寞的女人

夜晚的眼睛紧闭，偶尔也会聚焦
看不清的夜太痛，伤痕累累
看得清的夜太温柔，无法触摸

夜晚有两只大大的奶子
一直靠左，一只靠右
它们在不同的位置，发着同一种晕光
夜晚就那样赤裸裸地躺在都市最寒冷的角落里
还是像最初那样安静而神秘

第二辑

城市的落日

一个人的白桦林

一个人，一条路。

一个人，早已习惯每个清晨沿着这条被蚂蚁走出的弯弯曲曲的小径来到一个人的世界。

一首歌，听着很怀旧，早已被人们遗忘："静静的村庄飘着白的雪，阴霾的天空下鸽子飞翔，白桦树刻着那两个名字，他们发誓相爱用尽这一生。"

那个人，或许是个女子，再也没有回来。再也没有来到白桦林。白桦树依然那么安静，我坐在它下面，听那些曾风靡中国校园的民谣，依然能感受到，那个白衣飘飘的年代。

阳光透过枝枝叶叶，零星半点的阳光落到草地上，白桦树它穿上了军装。

在秋天，不经意的时候，伴随着一种情绪飘落下来。很伤感，这么诗意的秋天，这么美丽的地方，为何再也没有人来过。

一个人一条路。一个人静静地走在这条路上，在思考，回忆，深深地……

我决定做一个等待的人，去等待那个还未归来的女子。

"长长的路呀就要到尽头，那姑娘已经是白发苍苍，她时常听他在枕边呼唤。来吧亲爱的来这片白桦林，在死的时候她喃喃地说，我来了等着我在那片白桦林。"

倚窗听雨声

早晨我早早地醒来，就听见了窗外的雨声。这种声音是非常美妙的，我想任何喜欢听雨声的人都能感觉到。这也是我来东北以来，倾听的第一场雨吧！

我喜欢这种声音，静静的，感觉世界很小，也很干净，它总是会让我浮躁的心灵得到片刻平静。有时候我也会走进雨中，让雨水肆意地冲刷我的灵魂。小小的水珠晶莹剔透，从额头上一滴一滴落到脸上，随后着陆于沧海一粟，它划过的脸颊，有着泪的痕迹。

我更多的是喜欢一个人倚靠在窗前，听雨的声音。最好房间里有一张小床，一张桌子，一把椅子。

依稀还记得，小时候我和弟弟趴在窗沿听雨声的情景，好多次因为雨声太大吓得我们大哭，但我俩还是喜欢光着身子，听一场又一场不同的雨声。当一线又一线的雨珠，从房檐上流落下来的时候，把小手伸出窗外，就能掬一手心的水。水滴继续打在手心中，滴答滴答，溅起许多小小的水花，连心都碎了。那声音，真的很美，只是，那时候的我们还不懂雨声也是一种音乐。

时光走得真的很快，我们还来不及回首，许多往事，就成了身后的风景，次第老去了。

长大后的自己，越长越孤单。

还好，孤单的心灵，一直喜欢雨声，在这个浮躁的年代，总算找到一星半点慰藉。

今天的雨声是从梦中走来的，因为当我醒来的时候，就感觉窗外的世界与众不同。打开窗子，我惊奇地发现，这一切竟然和我昨夜梦里出现的一模一样。纵然东北的雨缺少了几分江南雨的缠绵，但这不影响我一直爱听雨声，这雨下得急切，潇洒，有着几分黑土地的厚重。偶尔会

第二辑 城市的落日

吹来一阵风，把几点雨洒在帘前。我忽然起兴，想起了一首古诗，不由地吟诵了起来。

　　"七八个星天外，两三点雨山前。旧时茅店社林边，路转溪桥忽见。"

　　也不知道辛弃疾当时的心情是不是和现在的我一样。我想不会的，辛弃疾比我更忧伤。

　　在以后的时光里，无论是忙碌，还是闲暇，只要有雨声，我都会倚靠在窗前，闭上眼睛，用心去听雨声。美妙，宁静，仿佛那就是一个干净的世界。

断章

一

　　月光丈量着城市夜晚的星空，东风广播着冬天的沉默。

　　海是潮湿的。

　　心是透明的。

　　如窗帘上安放着一对明亮的眼睛，告别着今晚的故事，期待着黑暗后的黎明。

二

小站是昨天流泪的栖息台。

仍旧是去年的长椅，漆还没有完全退却。你抱着从家里匆匆带来的熟猪肉，凝视着来来往往的人流车海。

心里紧了一下。

我在窗内，你在窗外。

一层薄薄的玻璃将我们隔开。手游动在玻璃窗上是僵硬的。触摸不到你苍老病痛的皱纹，我有隐隐的疼痛，泪水模糊了视线。我离开，你在目送。

一层玻璃就是一个世界。

三

飘落的黄叶摔得遍体鳞伤，童年的歌声早已被时间磨灭。

我俯首在案前书写诗篇。是谁家的乖孩子朗诵着诗歌。

慈母手中线，游子身上衣。

临行密密缝，意恐迟迟归。

谁言寸草心，报得三春晖。

笔写不出流星降落人间，灯在思想的海洋自由徜徉。

泪是沸腾的。

诗是灵动的。

如四月踩在柳枝上鸣叫的布谷鸟，悦耳的音乐伴随着镰刀收割的影子与人们成熟的微笑。

乡间诗语

我有这样一段生活：在秋天，在乡下的夜晚，趴在窗前的桌子上，放一张粗纸，一支笔，一杯茶，放同一首歌，拉开窗帘，让一束月光照进室内，淡淡的余晖照在我忧郁的伤口上。构思，回忆，然后找个机会将它们全部记录下来，将这些零碎的琐事排列成一行一行的队伍！接受夜色的考验，给这些队伍取一个漂亮的名字——生活。

划着一根火柴，点燃蚊香，驱逐蚊虫。

在乡下，蚊虫是很少的，尤其在秋天，习惯了在城市的夜里，这个悲哀的动作，也习惯了在乡下将这个动作继续重复。

回想这些年在外漂泊的生活，渐渐地我明白了一个久久望着孤月的诗人的悲哀，一首诗歌的悲哀。

还好，在乡下，没有人知道诗人是什么人，也不懂什么是诗歌。

我不是诗人，我是虔诚的读者中的沧海一粟，我也写不出一首像样的诗歌，我只是喜欢像诗人一样每天记录着属于自己的生活。

　　清晨，看稻浪压过山顶，夜晚，望明月挂在屋檐。

　　我喜欢这种寂静的闲适，也喜欢这种诗意的景象。

　　多么像叶赛宁笔下的俄罗斯山村，鸟儿的欢快，伴随着虫鸣的忧伤，一棵棵老树将要告别季节的惆怅。

　　或许只有在乡下，才能读懂一个完整的叶赛宁！在月亮爬出山顶的那片刻，白桦树它穿上了银白色的嫁妆，或许你有你的灯火阑珊，我有我的万籁俱静。

　　这里的静却让人感到害怕，害怕是因为静常常伴随着死亡的味道！人们过惯了丰衣足食的日子，都害怕离开这个世界，尤其是城里人。城里人极其向往这种山村的凄美，希望在城里也能看到，可霓虹灯又怎能保留得住这一点古朴呢？

　　我感谢乡下，在乡下，我看到了一个不一样的秋天。

　　这里的水那么甜蜜，这里的人格外熟悉，就连这里的花花草草都招人喜爱。

　　这里的月亮几乎每个夜晚都可以看到，她比城里的月亮更圆更美，而且她显得那么自由，整个天空，整个村庄，整座山，整条河，甚至草木虫鱼都是她的。与世无争的日子里，她是孤独的。我想这月亮一定是给诗人准备的，不然她怎么会比一个失恋的女人还要忧伤呢？

　　带着这个疑问我一直在等待，等待一个人与月亮一起孤独的夜晚，终于有一天，我等到了一地被月光铺就的凄凉，我明白了月亮也是有爱的，她深深地爱着诗人，等待着诗人归来！

　　可是，自从李白、陶潜、王维一个个离开，它就再也没有遇到一个忠于她的情人，宙斯可怜她，让她在一棵树开花的季节遇到了叶赛宁，她们开始了自己的幸福生活，她就是他的灵感，于是他为她写诗。人们一直都认为叶赛宁是个酒鬼单身汉，很可怜，其实他是幸福的，他有爱情，他有伴侣，月亮就是宙斯许配给他的妻子。

　　他最终还是走了，留下孤独的月亮，月亮再也没有遇到一个像叶赛宁那样的诗人。

第二辑　城市的落日

如今的诗人们都驻足在城市的夜空，花天酒地的窗前，透过交织的电线望着星空无病呻吟着！诗人你们已经忘记了诗性的纯洁，忘记了让脚步走向无边的原野！我一个徘徊在乡村和城市之间的无知者，多少年过去了，却一直处于城市的边缘！

在秋天，我回来了，爱让我曾来到这里，我就老老实实地将这里的生活记录下来，用于回忆。

将整个孤月抱在胸前，让她在胸口开出夏花，我不需要固执地构思，也不需要无病呻吟，我只管轻松地将这孤月的悲伤用流星飘落的形式描述下来。

可是我不明白，我不是诗人，为何我的本子上溢满了像星星一样闪烁的诗行？

或许，我不再怀疑诗歌只属于诗人，其实它也属于平凡人！因为诗歌就是生活，生活的主体却是平凡人。

我也可以告诉所有爱好生活的人：你不是诗人，但可以诗意地生活，如果能够诗意地生活，那你就是诗人！

城市的落日

落日很轻，云朵很轻，时间很轻。

小城故事多。人来车往，脚步匆匆，一切都融合成了铅的重量，从城市的高空缓缓降落。

影子被拉成了丝线，朝太阳的方向疯狂生长。庞大的建筑群顶上，镶嵌着巨大的宝石，发着闪闪的光芒，向四处迅速蔓延。街道上人们的短裙变成了长裤，老男人头上多了一顶帽子。

卖冰糖葫芦的老人骑着车子，穿过城市的街角。最后的一声吆喝，伴随着他回家。

一阵风吹过，落日慢慢落到了它的巢。城市迅速抽缩，最后的一道金光穿透城市的心脏，楼房与楼房之间，被这霞光劈开成了冷峻的峡谷。很快，天空变脸了。霞光消失，城市进入夜晚。

霓虹闪烁，落日成了昨天的故事。

风吹过

风吹过屋顶。

瓦砾相互碰撞时发出清脆的声响，一群大雁飞过天空，空气中充斥着羽毛滑翔的声音。天空渐渐黯淡了下来，像是一场巨大的阴谋将要发生。煤油灯灭了又被重新点燃，我的内心突然间高度警惕充满震颤。一回首，风吹过屋顶，我便长大了。

后来我追着一辆马车跑了很远。在一条铁轨上我看见了传说中的火车，它把我从山川捎到了远方的城市。

每一座山，每一片荒野，每一条河流，理应都被记忆深锁。

这么多年过去了，我依然是一个行走者。

穿梭在城里城外。穿过车流与人海。

好多次，我都在霓虹闪烁的珠宝店前望而却步。

每次经过拥挤脏乱的街道，撕裂而破碎的吆喝声一次次让我仓促的脚步慢下来，再慢下来，慢到停在一个地点。

我像家乡的一株敦实的高粱，弯下腰肢。

那一张张被岁月刻上故事痕迹的面庞，脸色因为过多地失去血色而沧桑干燥，却无法掩饰住内心瞬间的激动，微微地笑着看秤上的数据。我吃着那些地摊上的瓜果蔬菜，内心清凉甘甜而又隐隐疼痛。

风吹起街道拐角处的落叶。在这里，你的伸手会是一种行善，更是自我良知的救赎。

我提起一个丰收的季节，伸直了腰板，向远方走去。

聆听那雨声

寂静的榕树下，男孩撑开了一把油纸伞。女孩娇气地说："你可不可以一辈子都像现在这样为我撑开一把伞呢？"男孩没有说话，赶忙躲开了女孩的视线，向更远的地方望去，嘴角边有一丝得意的微笑。我站在不远处的窗前，目睹他们的幸福。那时，正有雨落下。

我是一个很喜欢听雨的人，偏偏来到了寒冷的东北。南方来的孩子都说东北没有春秋两季，其实不是，只是春秋两季表现得不明显而已。昨天还穿着棉衣，不经意的一瞬间便到了夏天。我也曾质疑过东北到底有没有春秋两季。我还是一个喜欢绿色的人，我盼望有那么一片绿野抵抗内心的荒芜。单调的世界里，人们惬意地微笑。我羡慕那种万物生灵复苏的壮观，百鸟争鸣，泉水叮咚，猎狗在丛林中追逐兔子。等到春天的笑颜转过来的时候，我却没有看到小草从土层里探出头儿，土拨鼠在田野里寻找食物，少女柔和明净的眸子里散发出那种诱人的晕光。一切都沉睡在过去的冬天里做着各自安详温暖的梦。

我还是像往日一样，习惯性地来到图书馆，找个靠窗的位置坐下来。我对窗子有着某种说不透的情结，总觉得坐在那里很舒心，至少不必担心天会突然暗淡下来。

打开笔记本，放入许飞的唱片，把声音降到刚好适合自己的心率又听不见外界的声音的时候，将耳麦带在头上。开始看书，不关心别人会不会把我当傻子看，不追逐当下的潮流，不感伤于破败的郊外，孤独的月光。我已经习惯了这样的生活方式，音乐和诗歌，会让我不断地感到惊喜，内心不再恐惧，安静地感受静谧的时光里那一份真善美的震撼。

平稳的旋律，突然间被一种天籁之音打乱。感觉世界之外的味道扑鼻而来，有一种很熟悉的声音，穿透音乐的身体，导入我的耳蜗。我轻轻把头转向窗外，让我很吃惊的是窗外飘着雨。我放下头上的耳麦，打

开窗子，风沿着窗沿徐徐吹来。房檐上的雨水不停地落到地面，"滴答，滴答"。我喜欢这种声音，像维也纳大厅里演奏的钢琴协奏曲。

被雨洗刷过的世界，仿佛成了另一个世界。一会儿工夫，我看到树干上结满了嫩叶，而开得无比绚烂的梨花更是独具一格，孤独有味。我很遗憾的是我没有看见梨花刚开时的容颜，等我看到的时候，它却即将被雨施以洗礼。我时常感叹于生命的绮丽，大自然的神奇，是因为它总是能给我们各种各样的惊喜。虽然我不知道，在不远处榕树下约会的恋人，是不是故意在这样一个特殊的季节里演戏，但我还是借如此美好的心情，祝福有情人终成眷属。

我关上窗子，不忍心听着这么美好的声音戛然而止。生活中有很多美好的东西都需要勇气放弃，放弃只是为了更好地温存。就如聆听那雨声，要在适当的时候关上那扇窗。

我突然想起那年坐着火车去流浪。火车刚启动时，天就下起了大雨。我坐在一个靠窗的位置，望着玻璃窗外的世界，繁杂的心情突然安静了下来。雨水不停地沿着玻璃窗滑落下来，我伸手触摸在窗子上，有一丝隐隐的疼痛。火车的轰鸣声，是不允许我们听见外面的声音的，我却惬意地闭着眼睛聆听那雨声。

曾经我在一篇文章里写道："倚窗听雨声，仿佛那是一个干净的世界。"

今天我还是觉得用这句话来表达现在的心情为时不晚，你觉得，雨声之外的世界，是不是和我们心灵深处守望的世界一样清澈透明呢？

第三辑

怀念过去那一段时光

母亲

母亲走了，决然地离开了烟火燃烧的灶台。她只留下一句话：等待我的春天来发芽。

母亲是一个朴实憨厚的农村妇女。从她出生的那天起，命中已注定了她生命的平凡，包括她出生的时辰与卑微的乳名。

母亲出生在一个贫穷多子的农民家中，她是家中的长女，她出生的时辰便已剥夺了她接受教育的机会。母亲从小便帮着外婆养家，听母亲说，出嫁的那天，她一直哭个不停，抱着外婆的腿苦苦哀求，但最终还是无法阻挡、违抗女大当嫁的传统观念。

母亲的嫁妆很简单，一口红色大箱子，两卷大红色绸缎，还有外婆留给她的一副银簪子。现在这副簪子也成了母亲怀念外婆的纪念物了！母亲清闲的时候，总是习惯性地拿出来看看，给我讲这副银簪子背后的故事。

母亲说这是外婆的母亲留给外婆出嫁时候的嫁妆，后来外婆又把它当作嫁妆留给了她。母亲家里有三姐妹，而外婆却把这副珍贵的礼物留给了她，是因为外婆总觉得对大女儿心有愧疚。母亲还常常对我说，别往家里带陌生人，小心把传家之宝偷走了，说这将来可是我的，确切地说，这是她留给她未来的儿媳妇的，因为她曾对我说过这样的话，她还曾说她要把外婆留给她的绸缎剪做成漂亮的嫁衣，让我的媳妇穿上她亲手做的嫁衣风光地回家。

母亲喜欢唱歌，唱的是那种山歌。有时候她唱着唱着就一个人哭了起来。这些歌词都是她自己创作的，也是她自己谱的曲，她虽然不懂音乐，甚至连"音乐"这个名词都没有听说过，但她却是一个伟大的歌唱家。她的歌时而优雅忧郁，时而轻快昂扬，唯一能听懂她歌曲的人除了她自己，就是她儿子我了。我也是她唯一的听众。她的歌曲是怀旧的，总是在歌颂着永恒不变的主题，那就是对外婆悠悠的怀念与感伤自己的命运。

母亲很慈祥，但从不微笑。并非她真的不笑，而是她的微笑无人能读懂。她的微笑虽然没有达·芬奇笔下《蒙娜丽莎》的微笑那样充满传奇色彩，也不像弥勒的笑那样开怀，她的微笑却像蜻蜓点起雨后平静的湖面，只有微微的波纹。母亲的笑是一首美妙的诗歌，更像是一首柔美的山歌。

　　母亲做的饭特别难吃，我深信世界上如果有最难吃的饭，那便是我母亲亲手做的，不是忘了放盐，就是忘了放酱油。可就是这样难吃的饭，我还是喜欢吃，甚至每一次回家，我都比平时多吃那么一大碗，或许是那淡淡的味道中蕴藏着醇醇的爱吧！然而，母亲今天走了，像当初的父亲一样，走得那么匆忙，走得没有时间，没有界限。

　　我给弟弟打手机，想问问家里的情况，可是接电话的人不是弟弟，我能在一秒钟之内判断出是母亲。那熟悉的声音，呼唤了我多少年，多少个岁月里，我在这样的声音中长大。

　　我问母亲，怎么手机你拿着，弟弟呢？他放假了吗？母亲说弟弟上课去了，手机她拿着。我问她家里怎么样了，她说家里很好，她现在在镇上的砖厂里干活。我责怪她不在家里好好地务农，跑到那里干啥子去了呀？她说她要给弟弟挣点零用钱。我弟弟在镇上上初三，学习很优秀，今年六月考市一中。

　　我反问她，家里不是还有那么多钱，留下干啥啊，你非得受那罪干吗呀？她解释说家里所有的积蓄都花光了。

　　原来，她没有遵守我们的约定，还是偷偷地把房子修起来了。我又有什么理由去责怪她的坚持呢？我只是心疼她，心疼她的声音，她艰难的背影。母亲有病，对于那砖厂里高温劳累的工作，母亲柔弱的身体又怎能撑起一片江山呢？我好像看到了肉与铁的对峙，水与火的较量。

　　我知道母亲早已害怕出门打工了，去年她打工回来就说她再也不出门去了，她要把家里的庄稼种好。母亲去年出门，家里庄稼荒废了，她回来后还大哭了一场。我清晰地明白，对于一个一生与土地相依为命的农民来说，那片开满油菜花的土地，犹如她出生的儿女，现在她的儿女有病了，瘦了整整一圈，她能不心疼吗？

　　如今，生活却将她逼走了，也许就是这样——"人生总是给生活逼成的秋景残图"。老家房屋上的一缕缕炊烟再也看不到当年模样。她离开了那几只饥饿的小鸡与一头哞哞叫的黄牛儿，还有那只给她彻夜弹琴的蟋蟀。家里剩下的唯有她斑驳的足迹和月光的寂寥。大红的门紧锁着，小草也该长到我家屋檐下了吧，如果有母亲在家，那小草疯长得再快也没有母亲的刀快吧。

母亲问我最近学习怎么样了，我回答说学习还那样，只是比以前精神好了，比起以往，我也认真多了、现实多了，第一次感觉到时间也有压迫感了！她要我好好学习，她也没有对我抱太大希望，只要能考上大学就谢天谢地了。我还告诉她，我有女朋友了，是个大学生，对我特别严，可能你宝贝儿子将来要给人家当儿子去了。她说你有那本事就好了，谁家娃娃能看上你这个看见太阳就往土里钻的懒虫我就省心多了。我自恋地对她说，别忘了你儿子可是小作家哦！没人看上我才怪呢！

她不知道作家是什么，我也不知道真正的作家是什么样的，只是非常向往成为一个真正的作家。

她从来都不相信我说的话，她总以为我在跟她开玩笑，因为我从小长大都爱和母亲说着玩，好像我和母亲不是母子关系而是姐弟关系一样。

其实，我真的有女朋友了，是一个特别优秀的女孩，她和我一样深深地爱着写作，深深地爱着未来，也深深地期待着对方。

从前，我用一个初秋为一个不该爱的女孩伤感忧郁，荒废了自己的青春年华，如今才感觉到自己当初的天真。或许是因为从小对真爱的向往与追求吧，我现在才体会到真正的爱情不是一个人的真心或假意，而是站在相同的地平线上一起仰望星空，一起冲刺着生命的河岸，回眸曾经，天天谈着未来。

或许母亲教给我的什么都可以随着时间与社会潮流而被遗忘，但有一件东西永远无法忘记，因为忘不了，那就是母亲教会了我做人的道理。她从小便要求我善良诚实，让自己的内心充满无限的博爱意识。因为母亲教会了我如何做人，慢慢地，我习惯了用她的朴实真挚回报着如今无数的蓝颜。因为真诚，让我拥有着被人深信不疑与无限尊重的快感。在这一点上，我承认母亲既是我的启蒙老师，也是我终生最佩服的老师。而在这之前，乃至以后，如果有人问我，今生最让你佩服的老师有多少位，我会说，我不知道除了母亲还会有人让我如此佩服吗？

如今，这个漆黑的夜晚唯有夜雨绵绵，人未眠！

母亲从前有一个心愿，是在天亮未亮的时候去看海，看看是不是像外婆说的，大海是浅蓝浅蓝的。

去年，她去过山东，可就是没有看到大海。母亲呀！很快的，很快就要天亮，天亮了我们就带你去青岛，在天亮未亮的时候，我们一起去看海，听海的声音。

母亲的唠叨

夜晚最深也最浅的时候，也是我上网最安静的时候，除了十个手指在键盘上飞速拨动敲出的声音外，喧闹了一天的寝室也在此时归于沉寂，悄无声息。

就是这个时候，父亲打来了电话，打乱了我所有的秩序，也激起了我一层的泪。

父亲没有说太多的话，和从前一样，不知道是潇洒，还是所有父亲的共性。留下一句话，然后我就听见话筒那一边嘟嘟嘟的声音，听起来父亲还是这般的冷，其实我懂得，他的爱都放在了别人的世界。

父亲告诉我，他给母亲买了一部手机，号码是他以前用的那个号，让我立马给母亲打个电话，母亲有话要对我说。

母亲终于有自己的手机了，虽然在这个不伦不类的世界，手机早已不是奢侈物品了，但是对于母亲，这似乎更像昨夜做了一场梦。

在我刚上初中的时候，对于大城市手机早已常见了。而那时，对于小城镇，大家用的还是公用电话，只有少数人家里安装了私人电话。

父亲常年在外打工，每到耕种的季节，他就会寻思着回来帮母亲耕种，忙完最忙碌关键的时节，父亲又要继续背起他那个破烂的旅行包走了。每次，父亲走的时候，母亲都要起得很早，把平时积攒的鸡蛋煮熟了给父亲吃。

母亲送父亲的方式很简单，没有十里长亭的依依不舍，没有山一程、水一程的缠绵流转，从家穿过村庄，来到村口，道一声"路上注意安全"便无话可说了。父亲像风一样消失在村口，母亲在父亲走后好久，还会担心父亲很久。

有时候，父亲去了更远一点的地方，就很难准时回来，在这个时候，母亲只能找父亲那个地方打工的人捎个话让他回来耕地，只是好多时候没有人会去打工，或者去了也不一定碰得上父亲。在那个时候，母亲就开始幻想，如果有一个在这边说话、那边的人就能听到的东西那该多好。

一出生就在村里长大的母亲，那个时候，不知道电脑，不知道 EMS，更不知道她想象的那个东西，其实早已诞生了。

再后来，母亲知道了电话，这一头"喂"，那边便和了过来——"喂"。

母亲第一次给父亲打电话的时候，我已经初三了，很欣慰的是母亲用的不是公用电话，是自己家的，就是这样一部对于别人来说早就不值得炫耀的电话，就让她弯曲的身体在村里高出了一大截。

那是她给别人家干了一个月的苦力买来的。她特别爱护那个电话，虽然只能静静地放在桌子上，但是她每次放的时候都很小心，生怕掉下来摔坏了，每次出门的时候还会再三给我和弟弟嘱咐，不能乱动，整坏了就把你们两个赶出家门！

就是这样一部现在送给人都不要的座机，让母亲相信了科学，不再求神算命了。也是这样一部座机，在我求学的路上，一直听着母亲的唠叨长大了。

我拨通了母亲的电话，那一头不再是"喂"的回应了。

母亲听见我的声音，就直接喊出了我的乳名，我以为母亲找我有什么重要的事情，因为父亲说得那么急切，然而随后听到的是像芝麻落地般的断断续续的唠叨，当然还有她得意地给我炫耀她买了一部手机，以后要给她多打电话的事了。

有时候，我感觉母亲还是个孩子，不知道这么说是不是对母亲的不敬。但是，事实就是这样，她说的话比她的儿子说的还要天真。不管怎么说，我还是母亲的儿子，无论她说的话有多么的孩子气，毕竟这傻永远都只是对她的儿子而言的。

我想每一个孩子，在母亲的眼里永远是长不大的，母亲的唠叨，也是不会变的。

"不要谈恋爱，现在的女孩子嘴好吃。"

"妈，这都啥年代了，人家女孩子的嘴有那么好吃吗？说得难听滴！"

"好好学习，把作业好好做，小娃中期考试都考了五百六十几呢！"

"这是大学唉，不是光看分数的。"

"我给你说哦，你不好好学习，出来考不上公务员，我们的钱就白花了，你别以为我们挣钱容易。"

"知道了啊！我好好学习呀，你就知道考公务员，我出来要当大官。"

"你三妈就说你光知道吹，以后别吹了，考出来再吹，我都找不到活了，给人家打小工去了，你爸爸去一个建筑工地上支架去了，我们这样辛苦为了啥？没有钱了，就给我打电话，要好好学习哦。"

"嗯，知道了，我不会乱花钱的，我好好学着呢。"

跟父亲接完电话，心里就不是滋味，跟母亲接完电话，我不知道为什么，泪水就不由自主地流了下来。

是的，我不是一个好儿子，我不懂他们的一片心，更辜负了他们的爱。

或许有些思绪是复杂的，真的无法言说，但是我不知道为什么，我还会去想，想着想着，泪水又掉落了下来。

我很少会给母亲打电话的，就像我害怕给父亲打电话一样。当然更多的是因为母亲以前没有电话。其实母亲还是希望我经常给她打电话，而我却忘记了母亲，这么久了，都没有跟她说声安慰的话。我可以不吃饭，但不会让手机停机，给女孩子打电话更是不心疼手机费。我却没有时间、没有精神、没有话费给母亲打电话吗？我想这种愧疚，我是无法消除的，唯有泪水漫过脸颊的时候，狠狠地闭上眼睛，咬紧牙齿，在心里默许着我要比谁都更爱你。

母亲真的很唠叨，从前是这样，现在还是这样，我不知道什么时候，她才不唠叨。或许她永远都会这么唠叨的，当她老得再也嚼不动晚年的时候，这种唠叨还会加倍的。如果让我选择让母亲像父亲那样潇洒沉默，还是选择让她像现在这样的唠唠叨叨，我想我更愿意选择唠叨。有些爱，在沉默中更加有穿透力，有些爱像流水永远长流。

这个世界上，或许什么都可以改变，唯有母亲的唠叨，是挥之不去的爱。

父亲

父亲四十岁的样子显得老了，身体也变得越来越糟糕，再也不能多干重体力活了。然而在一个风雪交织的夜晚，父亲依然背着他破旧的旅行包跟几个村子的年轻人走了。当我起来的时候，天早已亮了，我发现父亲真的走了，像一匹脱缰的野马，再也拉不回来。

后来我问母亲，父亲是什么时候走的？母亲说他走的时候天还没有亮。我恨他，我恨他悄悄地走了，丢下我和母亲，还有年少的弟弟。母亲说他害怕打扰到我休息，就没有叫醒我。我知道他不是害怕打扰到我休息，他是害怕我阻挡他南下的列车，因为在这之前我是极力反对他去南方打工的，毕竟他有一副好手艺，可以做很多很多精致的家具，他完全可以选择在村子附近安适地生活，当他的师傅，享受着村里人呼叫他"师傅"的尊荣。可是，那时候我不明白，他为何又选择当民工去呢！他不是答应我不去打工了啊？

母亲说，父亲走的当晚，灯整夜未熄，他点燃一支又一支的香烟，直到走的时候，整整一包烟所剩无几了。他走的时候，眼睛里充满了前所未有的恐惧。母亲知道，他这是害怕，害怕那些重活，害怕挣不到钱无脸回家。母亲曾劝他还是别去了，但是，他什么话也没有说，决然地走出了母亲的视线，头也不回。

每次父亲出走的时候，母亲都会送他到吹风岭上。或许，每次当她送走陪她大半辈子的男人的时候，那种苍凉而又无奈的感觉只有她一个人知道。然而那一次，母亲与往常不一样的是回来后神情格外沉重，脸色像笼罩了一层乌云一样，好几天都不曾散去。

后来好几次，我给父亲打电话，问他干的活重吗，身体怎么样了。他说他干的活很轻松，叫什么"装簧"。当时我还不懂装簧是什么，但我知道它与木工有关，很能赚钱的，因此，我穿的衣服都换成名牌，我无忧无虑并且感到骄傲。在众人面前，我从未感到过自卑，因为我知道我父亲是手艺人，特别能赚钱，也因为这样，理所当然，和朋友吃饭常常是我买单了。在我的印象中，他特别慷慨，比母亲慷慨多了，要多少钱给多少。但是，每一次他从外面回来，我都习惯性地发现，他又老了许多，像深秋的黄叶，风一吹，不知道要飘落在哪屡风中，谁的梦里。

直到后来有一天，我再也不想问父亲要钱了，再也不贪恋名牌了。我就拼命地写作，想自己赚钱供自己用，可是，我的文字不招人喜爱，我的性格从未屈服，或许我在守望着属于作家的品质，而忘记了要想成为一名优秀的作家就应该先成为一名优秀的写手。

记得那年的冬天，很多外出打工的人都回来了，和他一起打工的年轻人都回来了，唯独他没有回来。我像当初母亲送他的时候那样站在村口，唯一不同的是，母亲是送他离开，而我是在等他归来。他回来了，我就可以买很多很多的文学书，还有新衣服。我问那些回来的人，你们见过我爸爸吗，为何他还没有回来？他们说他还要挣几天钱才回来，他们说他挣大钱了。这我知道，因为每一年他都是腰包鼓鼓地回来。我曾问他们，父亲还在做装簧吗？他们却说他哪有做装簧哦，他们说他在洞子里挖矿。在洞子里……不，不是这样的！我爸爸是搞装簧的，他们都在骗我！可是，他们没有理由骗我。是我听错了吗？不，我没有听错，是在洞子里。在我的印象里，那里是魔窑，是黑暗、潮湿、危险、肮脏、看不见光明的地方。回想我平时的挥霍，我决堤的泪水像江水一样滚滚而下。

我恨他，像当初他走的时候那样充满了仇恨，我恨他一次又一次地骗我，可我的恨只会增加我内心的愧疚。我有什么理由恨他呢？我对母亲说他是个坏蛋，他骗人，他骗我说他干的活叫装簧，今天我问人了，说他在洞子里挖矿，妈妈你知道吗？母亲什么话也没有说，因为她知道，父亲这些年一直都在洞子里干活，但她也无可奈何。母亲只是对我说好好读书，打工不容易。在我很小的时候，我就听说过洞子里挖矿会死人的，我们村子里就有一个人被砸成残疾了。想到这些，我才发现，他对我来说是何等的重要，我是那么害怕失去他，他就是我生命中的一抹晚霞，失去他，我不知道我还能否看得见光明。我越是想拥有他，我越是恨他，怨他，甚至骂他。后来，母亲说他是因为要给即将上高中的我和弟弟攒学费，趁年轻，还要给我们修房子，那一刻，我终于懂得了父亲深沉的爱来自山间，来自大海，浇灌着我的一生。

那时候，我还在上初中。

今年，父亲又老了许多，但是，他还是像当初那样走了。唯一不同的是，这次他走得很潇洒，还给我打了电话，问候我的生活。

我问父亲，你的身体还能挣钱吗？你还是别去了，我们贷款，将来我还哦！他说他还能干几年，他说他还年轻，我听着笑了。但心里的滋味或许只有自己知道吧！他走的时候，我在学校，我问他要不要我回去啊？他说不用了，没啥子送的，他这又不是上任去了！我知道他今年不去洞子里挖矿了，这是他答应我的，他说他去家具店做木工。我知道他手巧，只有在那个领域，他才能受到尊重。

他走之前，曾经和母亲发生过争执，于是，他打来电话征求我的意见，希望我能劝告母亲。

原来母亲要在新房子旁边再修两间线交水泥房，而父亲坚持修砖木机构的，这样就可以节省下来很多钱留给今年六月毕业的我上大学，还有即将上高中的弟弟。

母亲说孩子都已长大了，修了一辈子的房子，在地震中塌了，老娘修房子都修害怕了，要修就修两间结实的，否则再有地震住那里啊？很显然父亲的语气是深重的，然而，母亲的语言又显得那么哀伤。

我知道"5.12"大地震给我家带来了不可弥补的灾难，尤其是给母亲的心灵带来了无法遗忘的伤痕。

他们各执一词，同样是为了我和弟弟，一时间，我也不知道该怎么办！我不能再让父亲受罪了，我不能再让母亲受伤了，但我又无能为力。我多想对母亲说我不读书了，我要回家帮妈妈养家，可我没有那个勇气，我是如此渴望大学，也渴望有一天我活得有声有色。

我安慰母亲，我说别修了，将来没有房子住，我和弟弟不会怪你们的，我会好好学习，考大学。母亲说要是我把大学考上了，她就把有本事的儿子生下了。这不是母亲对我的不信任，而是母亲那属于土地的慈祥与厚实。

最终，我们达成一致，修两间简单的房子，母亲的要求是让我给她考上大学。你听清了吗？是让我给"她"考上大学，而不是给我自己。那一刻，我才发现我是那么的不孝顺，难道我一直都在给父母读书吗？我不停地自问，还是天真地给母亲回答，我一定给"你"考上大学。

母亲还是像从前一样唠叨，一点都没有变，而且越来越严重了。

"娃，一定要抓紧哦，在学校别惹人家女孩子，现在的女孩子嘴馋，只知道骗男娃娃的小吃，你可不要让人家娃娃骗了哦！也不要伤害人家娃娃，别吃人家娃娃的东西，人家娃娃不是要挨饿哦，好好学习，老娘把希望全寄托在你身上了哦。"

我笑了，但一点都不厌烦，反而喜欢听母亲这样的唠叨，我告诉她，我知道了，不惹女孩子，不给人家买小吃，不谈媳妇了。

"啥？你在学校找媳妇啊？难怪从实验班下来了。"

母亲是一个朴实的乡村妇女，她像那片滋润她一辈子的土地一样诚实。所以，我从来都不会生母亲的气，我还会开玩笑地说，没有啊，就谈过两个而已唉！

其实，你还别说，我真的谈过两个哦！只是不是她所说的嘴馋、骗我小吃的女孩，我也没有伤害过人家娃，只是都已经过去了，我也不会自责，毕竟是年少轻狂吗，我觉得青春时期的我们都没有错。

父亲说母亲操心操得太多了，不让人家笑话才怪呢，母亲便骂他不懂教育娃，她还会问我，老娘说得对吗？我附和着说："老娘说得太对了，儿子同意你的观点，行了吧？"

终于结束了一场争议，然而，我第一次成了决定力量，我突然间发现我已不再是孩子了，尽管在父母眼里我永远都是长不大的孩子，但他们尊重我长大的权利。我肩膀上已经有责任了，沉沉的。想想自己，学习又是那么差，辜负了父母对我默默的期许，便只有在夜里失眠，记住母亲的话："儿娃，抓紧哦。""嗯，妈妈，儿子会抓紧的。"

我唯有破釜沉舟，背水一战了。因为我知道，我身后有一股强大的力量，来自父亲深沉的爱。

三月，这个多泪的季节，是我最难忘的季节，因为这个季节，父亲又走了，而且他再一次欺骗了我，他没有去挖矿，却又修火车洞去了。然而这一次，我没有恨他，我却恨我自己。我觉得，我不配做他的儿子，在这一点上，我承认我弟弟比我做得好，比我更懂事，更理解父母的爱。

今天早上，我打电话给母亲，我问母亲，你还恨爸爸吗？

第三辑　怀念过去那一段时光

母亲有些疑惑地问我，恨他干啥？我说恨他曾经对不起你啊。

她说没啥子可恨的，恨也是大半辈子过去了，不恨也是大半辈子过去了。

是啊，毕竟父亲是陪她走过大半辈子的男人了，从这一点上，我知道，母亲是爱父亲的。虽然父母和母亲不懂什么叫爱情，但他们不缺爱情，因为他们始终履行着忠贞不渝。

父亲年轻的时候，喜欢村里一个女人，跟人家睡觉，被母亲当场抓住了。那时候，母亲死活都要和父亲离婚，我当然是站在母亲那边了。但最终母亲还是原谅了父亲。虽然这件事结束了，但我和母亲一直都因为这件事恨他。那时候，弟弟还不懂事，所以他伟大的形象在小儿子心中是完好无损的。可他最大的痛苦不在于我和母亲的恨，而是他内心多年来对母亲的愧疚，对儿子的愧疚，多少年过去了，他的愧疚从未减少过。

现在想来，还有什么可怨恨的呢？

或许他曾经伤害过母亲，但他从未伤害过儿子啊！

虽然他违背了对母亲的忠诚，但他从未违背对儿子的深爱啊！

其实，我多想告诉父亲，我们一直都很爱他，早已原谅了他，但说这句话的人不应该是我，是我母亲。我也没有勇气对他说啊，因为该说对不起的人是我，不是他。他还不知道我已经知道他去修火车洞去了，他还在骗我说他干的活很轻，问我钱够吗，不够信用社还有，不怕没有钱，就怕你不好好学习。

我没有说破他骗我的事情，因为我害怕他会担心我放弃学习。我说我钱够了，爸爸，我一定会考上大学，爸爸，我爱你，然后，我放下电话，此时，我的泪水早已涌上心头。

想起父亲渐渐苍老的脸上，却写满了对儿子年轻的想念与默默的期许。我的泪再次书写在诗集的扉页上。

今夜，我唯有把心里的痛苦和今夜的幸福用笔写出来，在苍黄的信纸上写下：我一定要考上大学。告诉家里勤劳的母亲和远方的父亲：只希望你们一切安好，等儿子考上大学了来解救你们内心的苍白。

爸爸，今夜，你在他乡还好吗？

父亲的手

　　小时候，父亲的手大大的，暖暖的。如今，这双手在我记忆中一遍又一遍地抚摸着我的头，我的心充满了欣慰。

　　那年的冬天，伴随着一声哭声，我平安地来到这个世界，获得了生存的权利与空间。父亲用他那双大大的手接过在母亲怀中挣扎的我，脸上布满了灿烂如诗的笑容，像夏末后天边的晚霞，一朵一朵自由地飘荡。

　　父亲曾经用他那双手打过淘气的我。那一次，我拼命地哭泣，直到泪水浸湿我的短发，才平静了片刻。那一次，我感到父亲的手厚重有力，那是痛心的责备，那是默默的期许。

　　长大后，父亲的手是宽宽的，模糊的，离开了时间的视线，再也没有摸过我的头，我的脸。

　　那时候的我上初中了，问父亲索取的生活费和他脊背的弯曲程度一样不断地增加，不断地加快。由于离家较远，每周也就只能回家一次，而每次回家后屋里都空无一人。我习惯性地走到菜园子的边缘凝望，能清楚地望到田地那边的父亲，他正扬起牛鞭击打牛儿的脊背。他与牛一样，踏着沉重的步履行走在土壤间，拉着悠长悠长的呼吸声，映入天空，映入我的视网膜。以这样的距离，我看到了父亲的汗水侵蚀了他曾经的青春。

　　现在呵！父亲的手干瘪、粗糙，结满了茧子。在经历了人生百态、苦乐无常后，我又看到了爱的火焰与大手。

　　现在的我来到外地求学，见到父亲的日子就更少了。

　　今年，我即将高三了。我怀着一腔作家梦与大学梦，游离在生活的边缘，成堆的作业压得我好累，突然间到来的灵感，促使我写下了一首首青春的诗篇。

　　在人生的道路上，有人笑过，有人哭过，又有多少人"莫等闲，白了少年头"。

第三辑　怀念过去那一段时光

这个散漫困惑，充满骚动的季节，我获得了崇高的荣誉与伟大的爱，也再次见到了父亲伟大的手。

前一周，父亲为了我来到城里，边打工边陪我读书。看着他蹒跚的步子，我于心何忍！我争着做饭，洗刷，但他说啥也不让。回想自己的成绩，我心痛，希望以此来减轻自己心中的负罪感，但他却不给我一点儿机会。父亲啊！我拿什么来回报你。

今天，我为了文学耽误了学习，老师说，放弃吧！我知道，只有高考给父亲希望，我也清楚地知道，我必须坚持写作。我也曾责怪应试教育，它使我们不能依个人特点发展，把所有人都钉在同一块板上，但是，"既然选择了远方，留给世界的只能是一道背影"。

今天，我也获得了第十一届"中国少年作家杯"一等奖，并被邀请去上海参加颁奖大会。但唯有一个人叹息——父亲好像看出了我的忧愁。他问我，这个事是真的吗？骗人吗？……我受不了他的唠叨，生气地说："真的，但快乐是他们的，我什么也没有。"他说，这一次你不能再放弃了，你已经放弃了太多太多。但我知道这一次也不例外。父亲啊，我放弃的能有你放弃的十万分之一多吗？我知道你一直以来都很支持我，但是费用大得惊人，不是每一个普通人都能承受的。你接过我手中的邀请函，一字一句地读着，生怕遗漏一句。我又看到了那彩霞般的笑容浮上了你的脸颊。很快，你的笑容失落了，你的声音低沉了，你的神气消散了。我从未曾抱怨过自己的贫穷，我反而要感谢贫穷，贫穷使我变得坚强，我也不曾抱怨过你，自从你给了我生命，这本身就很伟大。我还能奢忘什么呢？拿起笔给大赛办写感谢信与歉意信吧！不知什么时候我睡着了，醒来时，我在床上睡着，而你早已出去了。我起来后，匆匆洗完脸，连饭也不想吃，就准备去邮局，还没等我的双脚走出门槛，你回来了，手里还紧握着许多钱。因为害怕丢失，你居然用了双手，钱已被汗水完全浸湿了，皱巴巴地缩成一团。我不知道你从何处得来这么多钱，只是我看到了它就好像看到了希望，看到了上海的颁奖现场，看到了梦。

"纪红，我找到钱了，够了吗？快，快去报名，苦了父母，不能苦孩子啊！"

我能听出你声音的沉重，我闻到了你吃力的气息，我能感受到这钱的分量。

在我接过钱的那一刻，我惊愕了，流泪了，心痛了……

那是一双手吗？不，那怎么是手呢？手是肉长的，怎么会满是伤口、血迹、茧子呢？我分明看到了东非"大裂谷"、"千沟万壑"的黄土高原、高寒的"珠穆朗玛峰"，我看到了生活背后的辛酸，我明白了父爱如山的道理。

"爸，这是哪里找来的钱？"

"这是我，我从工地上预支的。"

"那该干多长时间啊？"

"两个月吧！不过很快就会给人家的，我可以加班啊！"

我多想接住钱，但我的手不敢触摸，它在颤抖。

最终，我还是接了，两种不同程度的手接触的那一刻，他触摸到了幸福、快乐，我触摸到是心疼、自责。我靠近了父亲，白发绕满了他的青春，皱纹架起了立交桥。父亲老了，像深秋的黄叶，不知会落在哪缕风中，落在谁的梦里。所有的往事都在瞬间聚集到我的脑海中，眼泪顿时喷涌而出，我丢下钱，什么也没有说，我只想逃离这里，就像逃离罪过。一个人静静地坐在河堤上，对着汹涌的一江春水，我大喊："不，我不参加了，我已经参加了世界上最高的颁奖典礼！"直到江声吞噬了我的声音，我又开始流泪，是幸福的，自责的，又像是感动的，一点一滴落到江中，伴随着江水掀起了一卷卷美丽的浪花向前奔去。

天空中飘着几朵彩霞，多像父亲的笑容啊！一朵一朵飘着，天空下行走着一个人，他在思索，他在回忆，他在梦想，直到生命的尽头。

第三辑 怀念过去那一段时光

父亲的怀抱

　　小时候，我经常去隔壁村看露天电影，有时候会遇上刮风天气，父亲不放心便会来接我。父亲的到来，犹如夏天那一次母亲去田里，家里橱柜里忘记预留饭菜，我饿得头昏眼花时，邻居家小妹突然送来半个馒头，那种心情是无以名状的。一般父亲找到我时上半场电影基本上结束了，虽然那时候的我们特别迷恋电影，但时常看到一半的时候就会睡觉，尤其是躺在父亲温暖的怀抱里，梦里都能听到电影里刀枪厮打的声音。一切都是安适的样子，长大后的我，多希望醒来后还能留在父亲身边。

　　那时候，看电影无疑是一件最奢侈的事情。大家聚在一个院子里，地上摆放着一根根长长的木头，这便是电影场里提供的座位。大家挤在一根根木头上，看得津津有味。去迟了就抢不到座位，只能站在最后边观看。那时候我还小，通常会跟同龄孩子们坐在电影屏幕面前的地面上。夏天还好，除了有蚊虫叮咬，晚上还比较凉爽。冬天经常会有雪落下来，只要雪

下得不大，电影就不会停止播放，大家也没有离去的意思。好多次我在放电影的院子里睡着了，等到醒来后，我发现自己在床上躺着，身上盖着被子。第二天母亲才说，昨晚父亲等到电影结束后很久，还没有看到我回来，不放心便去电影院找我，原来我在人家院子的一棵树下睡着了。父亲看到冻得直打哆嗦的我，心疼地把他的大衣脱掉，包裹在我身上，既没有叫醒我，也没有责怪的意思，直接把我抱了回来。他害怕我感冒，半夜取火烧开水，然后把刚刚烧开的水灌进一个盐水瓶子里，做成一个暖瓶，放进我的被窝里。之后，他还是不放心，整整一宿都把我抱在怀里，这样我才没有生病。

记得有一年的冬天，下着大雪。睡到半夜里我突然发高烧，母亲急得大哭。父亲什么话也没有说，把一件小棉袄包裹在我身上，他自己穿着单薄的衣服，踏着一双破布鞋，背起我就往另一个村子跑。那时候农村里特别落后，我们村还没有一个村医。雪还在下着，路上瞬间就变白了，加上异常寒冷，有些地方都结冰了。父亲一不小心便摔倒在了雪地里，但他却不忘用身子护住我，来不及感知自己的疼痛，立马爬起来看发烧的我有没有磕着碰着，发现我没有受伤时，他放心了许多，抖抖自己身上的雪，继续赶路。为了摸清哪些地方没有冰块，哪些地方走起来不滑。母亲便在前面以身探路，如果母亲摔倒了，就证明哪里走起来不安全。历尽千辛万苦，他们总算来到了村医家门口。夜已经很深了，天寒地冻的，谁还愿意起来看病啊。父亲急得什么也顾不上了，不停地敲击村医家的大门。村医是一个忠厚淳朴的中年人，知道这么远这么晚来看病，一定是病情严重，很快穿衣起来。过了没有多久，村医家的大门便打开了。村医给我复诊了一下，打了一针退烧药，又抓了一些药，嘱咐父亲回去让我喝上，说我好好睡一觉就没事了，还叹息说，要是再送来迟一点，这娃可要烧出大病来了。

后来，我渐渐长大了，也不喜欢待在父亲的怀里了，总以为长不大的孩子才会依赖父母的怀抱，还经常嘲笑弟弟，而我每次看到弟弟躺在母亲的怀里，母亲唱着摇篮曲，哄他睡觉时，都既厌恶又羡慕。

小时候，只要吃过晚饭，母亲收拾完碗筷，弟弟就会跟我抢着让母亲抱，由于弟弟小，母亲事事都会让着他。我很不开心，总觉得母亲偏袒弟弟，喊着要母亲也把我抱着，可是母亲就是不抱我。弟弟在母亲的怀里取笑我，气得我更加生母亲的气。父亲便说，来我怀里，爸爸给你也唱童谣。我就躺在了父亲的怀里。母亲抱着弟弟，父亲抱着我，一家人在大大的院子里，父亲母亲换着唱歌，我和弟弟就比着数天上的星星。如今回过头来再去想想，那是一件多么惬意美妙的事情啊！

再后来，我上了大学。父亲早已不再会唱那些歌谣了。生活所迫，他不得不像一匹马一样，奔赴北疆时而寒冷时而炎热的工地上。我在外整整两年都没有回家了，没有见过父亲的样子，更不知道他此时此刻的心情，但我能想象得到，父亲的身子像遇热的塑料袋一样随着光阴的流逝蜷缩在了一起，他已经没有当年背着我在大雪纷飞的夜里奔跑的力气了。

多年前，躺在父亲的怀里是温暖，故事何尝不是一段刻骨铭心的记忆呢！

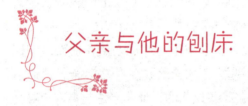

父亲与他的刨床

大年初一刚过，父亲的刨床开始响了起来。声音极其刺耳洪亮，尤其是当木板穿过床面的时候，那声音，像带酸雨的云雾，覆盖了整个村庄。

我小的时候，有人在我耳边说父亲的坏话，说父亲与钱最亲，漠视了我和弟弟。那时候的我还很纯真，往往容易被谎言欺骗，而这欺骗竟然在我的记忆里变得很深刻，清晰。

我恨父亲，我更恨钱。

那时候的我很虚荣，当然，这种属于不懂事的孩子的虚荣纯粹与名利无关。常常以小聪明而沾沾自喜的我，不光恨父亲，恨钱，更恨他的刨床。我知道他的刨床响起来的时候钞票就会飞进他的口袋，而这口袋里的钱不会直接飞到我的口袋里。

他真的很爱护他的刨床，我经常看到他用干净的手巾擦拭他的刨床，刮风了他首先会找衣服给他的刨床盖上，下雨了，他会找人把它抬到屋檐下躲雨。

我恨刨床夺走了我父亲的目光，使他漠视了我和弟弟。于是，我们经常趁父亲外出的时候用棍子打他的刨床，以此来发泄怨气。

后来，随着年龄的增长，父亲出远门的时候常常提醒我们，下雨了给刨床多盖塑料袋和衣服，他说刨床养活着一家人。

刨床不会给我馒头、米饭，我就纳闷，它怎么会养活一家人呢？

带着这种神秘感，我和弟弟就遵照父亲说的那样干，从那以后刨床离开了父亲，不再受到我和弟弟的棍棒威胁了。

随着个头的增高，时间飞快流逝，我慢慢开始懂父亲，懂他的刨床。

多少年过去了，父亲与他的刨床还是那样的忙碌，虽然他不再常年与他的刨床打交道了，但是他好像从未离开过刨床的位置。

如今的父亲显得老了许多，皱纹里载满了岁月的沧桑。而他的刨床似乎从未有老的痕迹，用起来还是那样得心应手，声音还是那样刺耳洪亮。

生活慢慢变得富足了起来，乡村不再是从前的乡村了，云朵把天空压得太低了，以至于城市的喧哗被轮胎带到了乡村。

大年还未过去，父亲的刨床在这样的世界里又响彻起来，而这个世界竟然与他无关。

我劝父亲好好过个年，虽然不再有人在我耳边说父亲爱钱了，但是我心里还是耿耿于怀。

父亲最终还是没有停下来，或许是刨床停不下来了吧。

我打心里看不起他，钱可以慢慢挣，也不至于非在这一时吧！吵了这么多年，如今生活好了，好不容易一起过年，他还要做他的活。我倒是可以理解，因为他很少会关注新闻娱乐，他不懂钱是可以赚的，而幸福是不可以赚的，他不懂错过了时间，就错过了幸福。

前几天夜里，因为煤没有点燃，我和弟弟便老早上床取暖去了。

梦里突然听见他们又吵架了，当然吵架对于别人是什么样的我不知道，反正在我家是常事。我和弟弟懒得管，继续睡我们的觉。可是一句话突然让我们怎么也睡不着了。父亲说他要赶在我上大学之前把家具做好卖了，给我上大学当路费。过完年还要出去打工，为我和弟弟准备下学期的学费。他求母亲别再耽误他的活了，好好待在家里打手活。

弟弟钻进被子，自言自语地发毒誓，将来定要做一个有钱的人，不再让父亲母亲为钱奔波了。

我暗自笑了，感觉眼角有些湿润。

那一夜，是我们睡得最甜蜜的夜晚，还做了梦。我们梦见在阳光下忙碌的父亲笑眯眯地用干净的手巾擦拭他的刨床，而我和弟弟站在不远的地方看着。幸福的泪水顺着草叶落到草根，夹杂着刨床刺耳的声音，形成了一曲优美的山村信天游，传遍了整个村庄。

梦，终究会醒来，醒来后的梦，其实比梦里更美。因为现实让我懂得了父亲不是一个梦，梦的往往是我们自己。无论如何，父亲永远是我的父亲，我永远是父亲的儿子。

在秋天，告别父亲

在秋天，成排的稻浪压过山湾那一片片麦地时，天空中飘满了浓浓的稻香味，是那么沁人心脾，又如此让人感动。

在秋天，我离开了这片熟悉的土地，也离开了父亲深沉的视线，为了一个远行的梦，我含着泪去了远方。

我走的那天，天空中下着雨，下得那么真，下得那么任性，多么像一个失恋的女孩！

我走的那天是父亲来送我的。我本打算不让他来，可他那天还是来了，出现在我的面前。我也只好接受，毕竟这是父亲第一次来送我，还要送得那么遥远，那么难舍。也许命中早已注定了父亲这一生总会有那么一次是为了送儿子来到车站，来到站台凝望！

并不是我讨厌父亲来送我，而是，我真的不忍心看见他挤在人群中隐藏不住的忧伤。我看到他从未掉泪的坚强，转过身，泪如雨下。

在这之前，我对父亲总是有些误解。虽然没有说出来，但它真的在我心里一直存在着，难道上天就故意安排了那么一天来解释，而那一天却成了我人生中最值得回忆的一天。这一天不仅打开了我高考后深藏在心底的纠结，也让我倍加珍惜今生与父亲的亲缘。

二〇一一年的夏天，是我这一生最难熬的夏天，因为在这个夏天，有人哭泣，有人欢乐，又有多少人空悲切？冥冥之中，我却比悲更悲，比切更切。

那个夏天，我记得，我以胜利者的口吻对自己说，我成功了，我没有在这场激烈的竞争中幸福地晕倒。可是我真的成功了吗？我也不止一次地自问，如果我真的成功了，那为何我胜利的脸上洋溢着淡淡的忧郁呢？虽然人人都说重要的不是结果，是过程，至少我记得，我曾经努力过。可是，生活中，现实却告诉我，我们更注重结果，就像高考一样，无论你用怎样的方式去考试，能上大学，人们就说你是个好学生，平时学习再好，高考没考好，人们对你的总结仍然是平时做戏，没有学好！所以没有人会听你的解释，所以你的解释情理之中显得多余，我们也只好将痛苦独自吞下，因为没有人会分享你这份迟来的不幸！但是，我们在一味地责备这个世界不理解我们的时候是否回想过，我们真的努力过吗？是的，我承认我没有努力过，一棵从未开花的果树怎么能在秋天结出硕大的果实呢？为此，我没有怨言，那你呢？

每当回想到这些，在夜里，我都是那么倔强，迟迟不肯入睡，还好，在乡下，空气很好，夜晚还可以坐在屋顶上看月亮爬上山丫来！结果往往是月瘦，人比月更瘦！

白天，对于很多人而言，是一段工作的时间，而对于我来说，是为了给黑夜以痛吻蓄势、待发！

足不出户，是对我那段生活最好的诠释，我不是害怕路太长，长了我的足迹，而是害怕足迹带我见到父老乡亲，害怕他们真诚地询问我高考考了多少分，害怕说出来伤了父亲的面子，冷却了父老的心。

更害怕自己的泪水散落在父老乡亲的面前，暴露出自己的绝望。

生活中往往注定了有些人会成功，有些人会失败。成功的一些人骄傲地互称同路人，我们这些失败的人却忧郁地自称沦落天涯人。既然我是属于失败的一派，就不得不去寻找这么一些失败的人，至少我知道，她一定存在，灯火阑珊，我也给她千百回眸。最终，我找到了那么一个人，花前月下，手抚一把琴，弹指间音符飞舞，浪漫无比，琴声却如此哀伤，结果是我找到了比心跳更痛的月亮，比琴声更疼的人。

大妈说在我高考之前父亲早已经放弃了我，我能读完高中全靠母亲一个人的坚持。因为这件事情，我听说母亲还和父亲吵了一大架，母亲说把房子卖了都要供我读书。听到这里，那一刻，我像看到了日出一样感动，却又比一个久久望着孤月的人更悲哀。悲喜交织，结果往往是更痛。

我恨父亲，恨他没有本事，恨他早早地放弃了我，恨他没有深厚的文化，恨他不懂知识改变命运的道理，却又反对我用道理阐述知识存在的意义。

回头想想，我又有什么资格来要求他回答我的一万个为什么呢？这只能说明他恨铁不成钢，是他一时说的气话，那句话更折射出我作为一个活体生命存在着的悲哀。无论怎样，我看到的毕竟是他一如既往地为我付出，让我读完了一个完整的高中。由于我天生多愁善感，这种阴霾早已深植到我像玻璃一样脆弱的内心，至少，父亲伟大的形象在儿子心中大不如从前了。对于父亲的世界来说，这是件多么悲哀的事情啊！一个普通的父亲，也许一生也就只有那么一次做英雄的机会，而这一次只能做给儿子，因为只有儿子才会从心底对父亲说，父亲永远是我心中最完美的英雄。

父亲的英雄形象会在我心中消失吗？

我把自己的手放在胸前，闭上双眼，感受自己的心脏是不是还在正常的范围内跳动，如果在正常的范围内跳动，是不是该在上帝面前忏悔自己的无知？今生能做父亲的儿子，我是那么的幸运。但愿下辈子让我也做一回父亲，让父亲做一回儿子，给我一次回报父亲今生为我付出的辛酸与幸福吧。因为我知道，今生无论如何弥补父亲，都无法偿还他为我付出的三分之一了。虽然我知道每一个父亲的爱都是无私的，都不是为了要儿子偿还，才无私地付出，但是，年轻的我们又怎能遗忘父亲们的这份沉甸甸的爱呢？

昨天父亲大老远从城外的工地上跑来送我，脸上洋溢着幸福的笑容，

那些年，我们一起追风的少年

044

多么像夏末的一抹晚霞，不带半点娇羞，可是他幸福的表情又怎能掩藏得住心中跳动的疲惫与艰难呢？

父亲来的时候，我没有去接，那是因为我去取录取通知书了。当我从学校回到宿舍的时候，他早已到了，静静地睡在我的小床上，就连袜子也没有来得及脱去。他打着沉重的呼噜，让电风扇不停地转着，却都无法减轻身上的热量，细细的汗水像珍珠一样渐渐流满了父亲苍老的面庞。睡到几乎全身都湿透，在甘肃的最南边，也是在情理之中，可是意料之外的是，这反而造就了父亲身体内蕴藏着如此多的热能源。

看着父亲被太阳晒得红黑不分的面孔，我有一股隐隐的痛，直达心里。我也有一种坚强的雄心，感怀自己突然间就这么长大了，真的不想放弃纯真的孩子时代，就像我天天渴望成为一名童话诗人一样，拥有一颗像琥珀一样纯净的心灵。我却没有真正地理解童话诗人不只是生活在童话里，而且是生活在现实中，用一颗善良的心呵护这个世界，也不一定非要停留在孩子的世界中。

"我是一个任性的孩子，我想涂去一切不幸，我想在大地上，画满窗子，让所有习惯黑暗的眼睛，都习惯光明。我是一个被幻想妈妈宠坏的孩子，我任性。"

别了，我的任性，别了，我的孩子时代，我终于长大了，但我还会幻想，幻想那个童话般的诗人，幻想美丽的诗歌从天而降，幻想世界没有黑暗，都是光明。

即使自己不情愿接受令我惋惜的现实，毕竟那个白衣飘飘的年代，有太多太多美好的回忆。我还是长大了，我也只好接受它，并用坚毅的话告诉自己，男孩应该像树一样活着，不惋惜，不流泪，坦然地面对生活。

我没有叫醒父亲，在这个烈火燃烧的季节，就让他安静地睡一会儿吧！或许，父亲能够舒适自由地休息，也就只有这么一次机会吧！只恨时间太短暂，如瞬间般走过的春天，不带半点留恋。我放下通知书，关上门，准备走的时候，父亲却醒来了，他醒来后不是像四川卧龙的大熊猫一样舒展一个懒盹的腰板，而是说了一句令人心酸的话："这怎么就睡着了呢？"睡着了很正常，因为累了，你也不必怨恨自己，因为上帝创造了人类，人同时获得的最大的幸运就是自由，你也是一个生命体，你也是自由的，想

第三辑　怀念过去那一段时光

什么时候休息就什么时候休息，没有人可以阻止你有这样的行为，为何父亲你睡了那么一小会儿就责备自己呢？因为一个字——爱。

你把所有的爱都给了儿子，同时也给了世界，你就得失去自由，失去在夏末的黄昏里看云卷云舒的自由，失去了在金秋九月的庭前看花开花落的自由。你的动机只有一个，一切只为了儿子。仅仅这么简单。

我想父亲开始也不情愿睡的，只是后来不知怎么就睡着了，对于父亲，就连睡觉的时间都如此紧张，我不知道，他有多少时间是可以用来消遣的，我也不知道，他除了工作的时间外，其余的就真的只剩下吃饭睡觉了吗？

我知道的仅仅有两种理由使父亲说出那样的话：一种是，因为他习惯了在某个特定的时间休息、在特定的时间上工，所以睡觉都特别小心，害怕迟到了扣工资，挨老板批评；另一种就是父亲看着十几年长大的儿子明天就要走了，而且走得那么远，等待相见的时间又是那么长，总有些不舍。我想每一个父亲都会有同感，面对现实，却又无可奈何！倍加珍惜这最后仅留的一指宽的时间，而这一指宽的时间因为自己不小心睡着了变得更加短暂。无论是哪一种，都让我清晰地感到了父亲如山般雄伟的爱，父亲含辛茹苦的生活。

我给他打了一盆冷水，让他消解一下醒来后的困顿，然后带上门出去给他买饭了。因为我知道，他一定没有吃饭。他一直都这样，别人什么都可以忘记，就是不会忘记吃饭，他却刚刚相反，这也不得不让我更加熟悉他这个习惯。

当我返回来的时候，他在看通知书，我让他吃饭，他说他不饿，让我吃，我说我吃过了，他说等一会儿他再吃，让我把饭先放在桌子上。他让我出去买一只鸡，说待会儿回来炖上到晚上吃。在乡下，杀鸡是很有讲义的，除了祭祀神、祖先外，就是大好日子、家里来重要的客人时才会杀鸡，但想吃也没有人阻挠。

我就依他的意思去买了一只不大的鸡，回来的时候，他还是没有吃饭，那一盒米皮还是静静地躺着，像古罗马被碎尸的罪犯流着血的尸体，一块块等待着被鹰叼走，显得那么的可怜。

下午，刚刚上高中的弟弟放学回来把饭吃了。父亲对自己总是那么抠门，节省了大半生，难道这短暂的后半生还要这么节省下去吗？

他的一生难道像一根燃烧的蜡烛一样，节省了太多的烛泪，只为多燃烧那么一刻钟吗？我有理由相信，他就是一根蜡烛，注定一生只为了儿子燃烧自己的蜡烛，燃烧到最后，从头到脚都是光亮的，只为了给夜行的儿子多一点光明，仅此而已。时间终留不住岁月的箫声，也留不住远去的帆船。

一整天，我都在外忙碌，没有带父亲到处走走，虽然父亲对这座小城相当熟悉，几乎每一个大街小巷，都有过他的足迹，这里的一砖一瓦，很多都被他的手触摸过，怎么会不熟悉呢？

晚饭后，我们出去了，走在星星点点的霓虹闪烁的街道，父亲在人群中显得那么卑微，又是那么朴实憨厚。

突然，有朋友打来电话要我去玩，说明天同学们都要各奔东西了，在这最后的时间里大家聚聚。也许对于很多人来说这可能就是最后一次见面了，几十年过后，每一个人都有可能变得陌生，也会随着生活的变化像深秋的落叶一样，风一吹便散落各地。我也不好拒绝，毕竟高中三年同学，总是有些不忍分开，只好让父亲一个人去走走。在大家聚会的豪华包厢里，大家倾情谈吐，自由歌唱，个个都是文采飞扬，就连平时被我们称为"冬瓜"的小木都成了热锅里爆炒的大豆，不停地讲话，什么"十年兄弟，永生不忘"，"只要你有事，我就是掉了小命也会肝脑涂地"，什么猥琐的话都说出来了，真是一个天真少年啊！可是，等待着他的又是怎样残酷的命运呢？

年少轻狂的我们在现实中总是会说出天真的话，生活中，也的确存在只要你有事就是牺牲自己的生命也会立马来到你身边的人，然而一生都是那么执着，那么爱你的人就在我的身边，却被我忽略了，那就是我平凡而伟大的父亲。

难道爱多了就是廉价的吗？

聚会还未结束，他们把吧台上的酒一杯一杯不停地往下灌，浓浓的烟草味淹没了整个包厢，显得那么悲凉，又是如此感人。

我连招呼也没打就偷偷走了，其实也不用打了，没有人会记得那个夜晚发生的事情，大家都喝醉了，因为我从不饮酒，所以喝得少，就成了唯一可以见证那个聚会、那一夜的表情的人了。

我知道父亲的心一定很失落，只剩下这么一点时间我却给了昔日的同学，却没有陪伴自己的父亲。同学固然重要，但我们也不能忽略父亲吧！

现实中很多事情无法选择的时候，我们是不是应该想想，那些能抵得上陪伴父亲的幸福吗？能抵得上父亲一个温暖的微笑吗？

当我回来的时候，父亲早已睡着了，或许他已经等不住了，太多想要说的话，只好留给黑夜。我把行李收拾好以后也睡了。这是十几年来，我第一次与父亲同床共眠。

关于多年前的我，与父亲这样睡着的记忆早已模糊了。我想那时候的我一定还很小，父亲一个怀抱就可以把我整个人承载，如今我脚一伸，比父亲长了很多，儿子是一天比一天高了，父亲却一天比一天矮了。

那个夜晚我没有睡意，想出去走走，又放弃了。我真的流泪了，因为那个夜晚我想到了太多太多，父亲好像也没有睡着，他的身体在不停地动。天气虽然很炎热，我的心却很凉，不是对别人，是对我自己。我想到小时候，父亲在半夜给我盖被子的情形，想起我的脚痒了，父亲给我抓脚，想起父亲教我起床尿尿。这些如今父亲再也不会做了，不仅仅是因为我长大了，还因为这样的机会不会再有了。我想，这个夜晚也是他十几年来第一次，也是最后一次与儿子同床睡觉的机会吧，以后我的身边或许就会多一个人，悲哀的是那个人不是父亲，而是熟睡的女人。

时间终端的争鸣，将拉不断的情丝放在了黑夜，将夜来香的阵阵香气放在黑夜，黑夜久了终于迎来了黎明，也预示着我与父亲分别。

汽车的鸣笛是那么悲凉，带走了多少人的思念，也拉远了我与父亲的距离，却更加使我与父亲的思念越来越浓，与父亲的心越来越近。

在明年的秋天，当稻秧成排地睡着的时候，我想父亲的笑容，一定比桃花还要灿烂，他会坐在我家房屋前的那个山头上，向我回家的路边，不停地张望。

哥，我长大了

我和弟弟从小爱吵架，直到上大学后才有所收敛。其实上大学后兄弟俩见面的机会少了，打也打不起来了，但是每次回家还是不免会大战一场，每次都是以我投降告终。母亲经常说我永远是个长不大的孩子，一点都不懂事。我一直不服气，总觉得母亲偏袒弟弟。

有时候想想，我对弟弟挺愧疚的，小时候抢他好吃的东西，摔坏了家里的瓷器碗具，就嫁祸于他，遇上危险就临阵脱逃。

那时候，我和弟弟挨了不少村霸小星的揍。后来，见到小星，我就像老鼠见了猫似的，有一点儿不对转身就逃。

小时候家里穷，我和弟弟经常穿着没有脚后跟的大码烂布鞋。其实我穿的鞋是父亲穿不了的，而弟弟穿的则是我穿不了的。因为鞋子不合脚，所以我们经常在逃跑过程中被小星追上，落在他的手里无非是挨上两脚板，运气好点儿就是吓唬一下。更多的时候，为了救跟在我身后忽然摔倒的弟弟，最后兄弟俩都落入贼网。我总认为这都是弟弟带给了自己的霉运，想不通的时候就把弟弟不分轻重地一顿乱揍，自从学了鲁迅的文章后，才发现自己越来越像鲁迅笔下的阿Q。

后来，我们渐渐长大了。对于别人的压迫，他也懂得反抗了。我自认为是长子，弟弟就应该顺从我，听我的话，可是更多的时候他会反驳我。我总是想找个机会让他输得心服口服，让他知道姜还是老的辣。我时常跟他玩"金花"、"拖拉机"扑克游戏，有时候会给他解他认为很难的数学题。但是无论我赢还是输，都不能使弟弟信服于我。赢了还好说，他最多会说我运气好，输了的话我就要使自己长期以来建立的威信付诸东流了。

不知从什么时候起，弟弟不再叫我哥了。这时候我倒觉得母亲很公道，她总是会数落弟弟不懂礼貌。弟弟则会撅起个小嘴表示反对。其实更多的时候我还不愿意让他叫我哥哥。

弟弟小时候不太爱干净——其实小时候的我也是一个很邋遢的人，稍微长大了点，就学会了借自己志气灭他人威风。

记得有一年春天，祖母突然辞世，弟弟去陪外公了。直到那年放暑假的时候，他才回来住了几天。那年暑假，我见到半年没见面的弟弟，非常开心，吃饭的时候也会把碗里的肉块夹给他。母亲说，这兄弟俩这么长时间没见面感情反而深了啊？弟弟就会一个人笑了起来。我和弟弟之间，好像隔着一片海，只要我俩在一起，大海就不会拥有安宁。母亲说我俩是见了面就吵架，不见面就想念的小冤家。

再后来，我们都长大了。弟弟已经习惯直接叫我名字了，或许有时候他也想改口，才发现叫一声哥哥那么别扭。

虽然长大后的我们不会像小时候那样吵架了，但是弟弟向来不服我这一点并未因为时间的流逝而有所改变。父亲常说，我不如弟弟。我承认，我没有他能吃苦，更没有他孝顺。我也不是一个好哥哥。上初中时，我教给他的是当街道混混，抽烟酗酒。高中时，我让他看到的是我找了一个多么漂亮的女朋友，告诉他趁年轻，不谈一场轰轰烈烈的爱情，枉费青春来过。高考那年，我留给弟弟的则是一张被盖上无期徒刑的通知书。

那年，弟弟突然问我，你吹了一辈子牛，现在还吹吗？

我总以为弟弟是在看我笑话，现在想想那时候我真傻，唯一一个给我反思机会的人，我却没有好好珍惜，直到失去后，才发现，那句话对我当时的选择是多么重要。

在这之前，村里人都在背后劝父亲别供我读书了，说读出来也没有用，甚至有很多人在背地里讽刺父亲母亲为了我和弟弟挣钱挣得腰板像一块死铁，还没有一个争气的。父亲是一个非常爱面子的人，换句话说，父亲是村里有头有脸的人。听到别人这样的嘲讽，他像一棵被霜打光叶子的高粱，在风中摇摇晃晃。父亲决定不再供我读书了。从那时候起，我开始恨父亲，恨他放弃了我。后来母亲为了供我继续读书，还跟父亲大动干戈，母亲说砸锅卖房子也要供我读书，父亲最终妥协了，继续供我上学。

那年，村里的不少同龄人考上了大学。在他们离开家乡的时候，所有的亲戚朋友都来送别，父母千叮咛万嘱咐去了外地要照顾好自己。而我父母都不在身边，只有一个人，一条路，一个旅行包，多像一只断翅的风筝，在空中飘摇不定。走出村口的时候，我掉下了一滴泪。顺手取了一点故乡的泥土，放在唇间，我想知道，我所生活了二十年的故土，有没有母亲乳汁的味道。我挥一挥手，在风里与故乡告别。

我踏上远去的列车的时候，弟弟从学校赶来送我，偌大的落日缓缓降临，傍晚的一阵风不断地刮起地上的碎片。人们都站在最后的一丝余晖里挥手告别。不远处的弟弟像一条拖着尾巴带着臃肿身子的鱼儿，在人群中吃力地拥挤着，胸前抱着两瓶饮料和纸巾。他知道我从小爱晕车，还把他身上所有的零花钱给了我，为了提防我不要，他走到很远很远的地方才说："哥，你比我更需要钱，多拿点钱路上用。"那一刻，我本就失落孤独的心突然间像火山一样热烈起来。我第一次因为弟弟流下了眼泪。原来，还有一种爱，可以让冰雪融化，让人感到温暖如春。直到现在他都不知道，跟他吵了无数次架，欺负了他十几年的哥哥，那次为他一个人狠狠地哭了一场。

上了大学后，我还会给他讲一些道理，希望他能做一个有用的人。每次他都很不耐烦地听着。但是我们还是会不定期地通电话，更多的时候是他打给我，还经常劝我多关心一下母亲。

前几天，弟弟突然给我打来电话，让我上网。我很惊奇，从不上网的弟弟怎么还学会了主动邀我上网呢？我还是像往常一样不停地给他讲道理，不同的是，我也像一个做错了事情的孩子，向上帝不停地承认自己曾经犯下的错。他说他一直都很努力，从来不会在玩耍上浪费时间。我用一个朋友的语气劝他该玩的时候好好玩，不该做的事情坚决不做，永远都不要让自己饿肚子，没钱了给我说，我宁愿吃素菜，也不会让你挨饿。我还给他讲了父亲母亲的故事，又结合了去年寒假我去南方电子厂打工的经历和悟出的一些道理，告诉他这个社会对高文凭高端人才的尊重，以及靠体力打工是一件多么艰苦的事情。

在弟弟面前我毫不掩饰地承认了我从前错误的选择与自己的坏性格。我对他说我曾经很后悔，没有在高中好好学习，所以现在才过得这么惨。虽然我在起点上输给了别人，但是我不会放弃，这个社会没有人可以帮得了你，你只有靠自己，既然无法改变现实，那你可以改变自己，告诉自己，一定要在转折点努力超越别人。这种超越的代价很大，流了多少汗水只有你自己知道。我希望他不要学我，在转折点才超越别人，而要在起点就赢

第三辑　怀念过去那一段时光

别人，并且保持自己的速度，永远不给别人超越的机会。面对困难，选择一往无前。

他这次和往常完全不一样，少了一份最初的焦躁不安，多了一份安静成熟，像一个虔诚的信徒，聆听着上帝的教诲。我直到讲得声音都沙哑了才结束。

后来，我女朋友发来短信说，弟弟听过我讲给他的话后哭了好久。

我很惊讶，一直清高孤傲的弟弟，怎么会被我一席话感动到这程度。

再后来，我收到一条短信："哥，我长大了。"

我看了好多遍短信，读了又读，一个人，忍不住哭了起来。

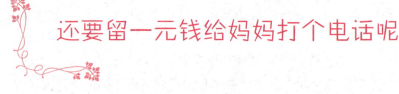

还要留一元钱给妈妈打个电话呢

这些天我特别纠结，不是表白遭到拒绝，就是喜欢的女孩子有男朋友了。学习也跟不上，慢慢地掉队了——因为谈恋爱的时候需要熬夜战，我整夜抱个手机，把青春埋葬在了被窝里。可想而知，我的睡眠严重不足，整个人瘦了一大圈。

今天早晨，寝室好友黎旭叫我起床去上课。我在睡梦里问他今天早晨什么课？隐隐约约能听见他说是公共英语。公共英语不怕，所以可以继续眯一会儿，不知不觉我接着又睡了。

到了中午，他们下课回来后，我在床上睡得正香，就听见他们说，我被老师点名了，如果再有一次，将被挂科了。真是倒霉，我去的时候从来都不点名，我只要不去就点了，而且一次当十次，真是哑巴吃黄连，两个字——委屈。

手机也因为跟着我熬夜停机了。我兴高采烈地去取钱，却扫兴地回来，卡上不知什么时候早已取空了。我不得不问朋友借点，可不知道怎么回事，难道是人家都提前约好了，回复都是一样的——没钱。

问家里要？可是家里前几天才给我打的钱。真是进退两难啊！我厚着脸皮先到朋友那里蹭顿饭吃了，但是又回想到昨夜谈了个女孩子刚有点起色，打铁要趁火候啊！于是我不得不厚着脸皮问家里要了。家里只有父亲一个人，母亲去北疆打工了。母亲走的时候，我记得她什么都没有带，背着一个旅行包就走了。母亲走的时候是夏天，而转眼就是冬天了，北疆当然也下雪了。父亲让我问弟弟要，说钱他放在弟弟那里了。

我弟弟正在上高中，从小身体就好，而且学习特别好。他有一种精神，那就是永远都不怕苦。在家的时候，爷爷就拿他和我比较，说亚红能武能文，将来书读不出来，都能活个好人。他还非常懂事，有孝心，在家妈就说亚红比我孝顺，大儿子还不如小儿子了。的确，我非常佩服弟弟，但是在孝顺这方面，我一直还不认同。

有时候，我在想，小时候，大人哄着吃饭，长大后，嫌饭菜不合胃口，而如今，我却为了两顿饭发愁，真是窝囊啊！

自己堂堂大学生，居然穷到连短信都发不起了，真是笑话。我借了个手机，人家呻吟得比我还穷困似的。我只好给我弟弟的同学发了条短信，短信内容是这样的：

"你好，哥们，我是李亚红的哥哥，麻烦你告诉李亚红，让他赶快打个电话过来，就说我两天两夜没有吃饭了，现在连说话的力气都没有了，只能发短信。"

过了大概十分钟，那边回复了，内容是这样的：

"兄弟，请别这么说，我会很伤心的，这个电话是我同学的，而且是个女同学，你说的话让我很没有面子哦，下晚自习，我给你打来，到时候你等着，亚红。"

我才觉得，还是弟弟好，或许世界上任何人都可能为了一时快乐而说出一些痴心的醉话，但只有亲情才是真的。

晚上九点半左右，他果然打来了，我真是盼到了一场及时雨啊！他说他给他同学缴了五元钱，有话就快说，时间有限，而且这五元钱都是他明

天的早点钱，希望我明白。然后他责怪我读大学都几个月了，连电话都不打一个。我只好解释说不是不愿意，是有苦衷的，我穷到连个电话都打不起了。我不得不给他讲述我的困窘，好像乞儿向上帝倾诉一样，甚至责怪这所大学太差劲，这城市没有一只鸟大，消费水平却超过了上海，以此来证明自己花钱的合理性。他是个性子急的人，不愿意听我多余的解释，直接说给我再打一千，以后就别问他要了。

在家里的时候，我一直爱和弟弟吵架，因为一些小问题都会打架，一般都是他吃亏，不过，说实话，我怕打不过弟弟，只是毕竟我是他哥，他还是有点怕呢，因此更多的是吓败了。现在我问人家要钱，哪有不低头的呢？我只好语气稍微温和一点地对他说，还是以前的规则，十天两百吧。顺便又问了一下他的学习状况，他说考试都掉到第六名去了。我骂他没有用，将来注定是种地的。其实我忘记了自己高中连前四十名都没有进去过。他没有像我一样为自己辩解。其实他不是个爱为自己辩解的人，他一直都相信只有自己的努力和行动是对自己失败最好的解释，这一点，这小子从小学到高中了，还在坚持着。

他说："我挂了。"

我疑惑地问他："不是给人家缴了五元钱呢吗？这才二十分钟，再加上是晚上，每分钟就是一角五分钱，还剩下一元钱不消费了留给人家支援现代化建设啊？"

他沉默了片刻说："你给妈打过电话吗？"

"我打了，打了好几次，但是没有打通过，就再也没有打过了。"

"我每过一周都会给妈打个电话呢，而且每周都打通了。妈那里下雪了，你知道吗？我想妈了，我想妈应该回来了。"

他没有继续问下去，或许情到这里说不下去。

"有时间给妈打个电话吧。"

他的语气显得很伤感无奈。我连连答应。

他说到这里时，我也想起了妈，想起了她走的时候，身上还有伤没有痊愈。我一直都在想妈，在书里，在我的文字里，只是没有像弟弟这样每周都给妈打电话，知道妈的生活。我也想妈，只是在心里，怎么也说不出，或许，这就是，我比我弟弟有差距的地方了。

那些年，我们一起追风的少年

或许，亲情只有在搏斗与吵闹中才变得无法分割吧，我和我弟弟从小到大都在吵闹中，却在文字中想念着对方，祝福着对方。

他又说："我挂了。"

这下我又仿佛回到了家里，也被惹恼了，好像我爱和他说话似的。我看了下手机，通话二十五分钟。

我大声喝道："现在才四元钱，还有一元钱呢，你急着死去呀？要说就说完。"

他沉默了一小会儿，这次比前次稍微长一些。什么时候，这小子居然也学会了沉默，学会了只有女人才有的含蓄呀！想不到弟弟也是一个多愁善感的人，从表面上看，他是个很直截了当、说话坦荡的人呀！然后，在电话那边我清晰地听到他说：

"我还要留一元钱，给妈打个电话呢！"

我拿着手机半天没有说话，听到手机另一边传来嘟嘟的声音，心里一怔，有一种无名的疼痛，隐隐地从心里流到全身，眼角有些湿润。放下手机，我将所有的事情都忘记了，只有一句话萦绕耳边不曾退却，好像这一生都不会再遗忘这句话了。

"留一元钱，还要给妈打个电话呢。"

第三辑　怀念过去那一段时光

老屋

老屋修建在向阳的地方，周围比较平坦，偶尔还会有成群的小鸟落到老屋前面的大槐树上，叽叽喳喳叫个不停，乡村古朴的情景在老屋周围表现得淋漓尽致。妈妈说老屋的风水是村里最好的，听说是爷爷破费了一斗苞谷米专门请了村里最有名的风水先生看的。

对于妈妈来说，这是她的新房子。老屋的年龄跟我相差不了多少，理应说老屋已经老了，可前提是妈妈说修建老屋的时间长达八年之久，而装饰完老屋、真正住进老屋的时候，我都上小学五年级了，耗费的时间可与修建万里长城耗费的时间有一拼啊！从什么时候起，我开始叫新房子为老屋了呢？很简单，因为又有了比它更新的房子，所以"新房子"理所当然成了"旧房子"，但是我从来不叫它旧房子，管叫它老屋。我觉得这样叫它，更能表达出我对老屋也是有感情有回忆的。

老屋是有故事的，而且故事一向很感人。这个故事我也是后来才知道的。

老屋是妈妈的心肝宝贝。很小的时候我就听妈妈讲过关于修建老屋的故事。妈妈说在修建老屋的那年，家里穷得连一碗米汤都煮不起了，找了好多个人帮忙扎地基，妈妈急得口里都起泡了。外婆看着如此穷困的家庭，看着妈妈受的这种苦，心疼女儿啊，没有嫁个好点的家庭。但是现实却无法改变了，毕竟在农村，有很多礼俗。嫁鸡随鸡，嫁狗随狗，就是这种封建凡俗阻挡了很多年轻人的梦想，让他们的意志屈服于命运。

妈妈是个没有读过书的农村女子，当然也要遵守媒妁之言、父母之命了。何况她一个弱女子在那种困难的年代也没有现代人这种追求自由婚姻与幸福的勇气和权利啊！外婆实在看不下去了，就从她家里蒸熟了一大锅馒头背来给干活的人当中午饭吃，就这样才度过了尴尬而艰难的一天。

每次讲到这里的时候，母亲的神情都很严肃，甚至是苍凉的，疼痛的泪水慢慢地从她苍黄的皮肤上流落了下来，这泪水里面不光有对辛酸往事的回忆，还有对去世了多年的外婆的怀念。

后来，老屋终于修好了，成了家里人避寒的窝窝，也成了村里最好的房子，矗立在村子最明显的位置上。村里村外的人从老屋门前经过的时候，都会赞不绝口地夸我妈妈和爸爸有本事，修了这么好的一大院房子。那时候，小小的我跟弟弟在伙伴面前也总是引以为荣。

后来的后来，老屋真的老了，就像一个人一样，我们不得不承认老屋老了的现实，也不得不接受它老了就可能要永远地离开我们的世界了。

老屋老了，经不起考验，在一场地震中轰然倒地。那年，家里就妈妈一个，爸爸去外地打工了，还好妈妈那天没有在家，不然妈妈都可能会和老屋一样伤痕累累。

全村的房子几乎都毁于一旦，拼搏了一生的财产都付诸东流，能不让人伤心吗？还好我们村没有出现牺牲人的事件。全村人都伤心不已，最后大家都想开了，天灾无法预料无法抗拒，只要人在，希望就在。唯独妈妈一直想不开，那天妈妈看着倒在大地中央的残垣断壁，跪在地上哭了好长时间。

在政府的帮助下，我们又修建了很明亮的房子。它非常非常的现代，和城里人的房子一样的明亮，空间还很大。我和弟弟在搬进新家的时候，心情无比的好。最气人的事情又发生了，妈妈说她住不惯新房子，新房子不方便，她第二天就和爸爸把倒下的老屋在原来的基础上继续盖了起来。两层高的老屋，现在只能剩下一层那么高的很丑陋的窝窝了，但是妈妈特别喜欢，她再次住进了老屋，好像老屋是她唯一的家似的。我和弟弟经常劝妈妈和我们一块在新房子里住，怎么固执了一辈子，受罪了一辈子，住个房间都还要遭罪啊！因为这事情爸爸也嘲讽妈妈生下来就是个贱命，不懂得享受。无论我们说什么，妈妈都说老屋好，暖和，不生病。

自从我上大学后，弟弟也考上了重点高中，所以新房子里不再有人住。值钱的东西都在新房子里，妈妈不得不搬进新房子，很不情愿地让爷爷住进了老屋。虽然妈妈不再住老屋了，新房子里的她一样生活得很好，也没见她住进新房子后身体多病。但是妈妈还是经常会去看老屋，去修剪老屋附近的苹果树，周围的蒿草，还有房檐下面的流通水道。

在大学里我有幸读了一篇写乡村的文章，终于明白了妈妈为啥那么迷恋老屋，因为那里有她的婚姻、爱情、回忆，还有拼搏了一辈子的心血历程，怎能舍得离开呢？

又是玉米扬花时节

　　今天帮文友去一所中学取她女儿的档案，这所中学坐落在郊区。只有一辆环线公交经过那里。要是坐公交，要绕很久才能到达，为了不影响朋友的事情，我只好搭乘出租车前去。等我准备回来的时候，却搭不到出租车了，一时半会儿又等不来公交。我当时萌生了一个想法：走回去。我从小生活在农村，走路应该难不倒我。

　　走了不远的一段路程后，我发现不远处，出现了一小片玉米地。玉米一人多高，正扬花着。这让我很惊讶，我已经五年多没有见过玉米的样子了。我想穿过高速公路踏进那边的玉米地里，却又害怕把人家的档案搞丢，最后还是放弃了这个念想，站在不远处静静地看了一会儿。

　　一阵风从对面吹来，远处的玉米齐刷刷地弯下了腰，空气中瞬间传来玉米花的气息，仿佛回到了多年前，我与母亲站在玉米地里看玉米长势的情景。

　　玉米是一种难以经营的庄稼。

　　记得小时候，我跟母亲种玉米，母亲事先都会把玉米籽重新精选一次，然后才让我们播种。待到玉米在地膜里发芽的时候，母亲便带着我把它们放出来。放玉米秧苗无疑是一件很困难的事情，稍有不慎便会伤害到秧苗。母亲说放苗子就像接生，每一步都容不得马虎。等到玉米渐渐长大后，母亲还要让我们把多余的秧苗除去，留下最强悍的一棵。我心想秧苗长得很茂盛，一派生机勃勃的样子，为什么非得拔掉呢？趁母亲不注意的时候，我经常把长得茂盛的两棵遗留下来。再后来，该到给玉米施肥的时候了，母亲给我示范施多少量，嘱咐我一定要按要求作业。我在施肥的当中经常违背母亲的意愿，悄悄给玉米秧苗加量。母亲很快发现化肥不够了，怀疑我乱施肥，质问我一次施量多少。我知道母亲发现了，只好承认。母亲批评了我，我很委屈地说，我想让玉米秧苗长得快一些。母亲放下手里的化肥袋不慌不忙地说，孩子，过多地施肥，苗子不见得长得多快多好。如果遇上多雨天气还好，要是长期干旱，那化肥施多了，就会烧死秧苗。

后来，玉米长大了，扬花了。我跟着母亲去地里打猪草。母亲指着眼前的玉米地对我说，这几棵应该就是你当初做的好事吧。我看着眼前的玉米地，我不得不承认，那些没有正常生长的玉米都是我当初悄悄留下来的。有的叶子发黄，有的两根并列，明显比其他玉米矮小很多。

母亲说："不移除多余的败枝败叶，肥料就会被平分，错过了成长的时间，将来就长不高；化肥施多了，要么会被烧死，要么畸形成长。不要事事都随性，要多听大人的话。"

母亲是一个淳朴的农村女人。从小到大，除了对我实施棍棒追打，还经常讲故事教育我。小时候的我是一个机灵乖巧的孩子，但有一件事情终想不明白，小时候我跟邻居家孩子吵架，她为什么不问青红皂白上来就把我一顿暴打，我觉得特别委屈，明明是别人先打我的，为什么不打别人，反而打她的儿子？很多次我叫着外婆的名字骂她，母亲便拿着一根树枝全村追我，有时候会坐下来哭。记得有一年的夏天，我跟弟弟吵架了，她刚从田里回来，就把我一顿狂打。我哭着叫外婆的名字，她伤心地说我不是她生的儿子，从此以后不要再回这个家。那天正下着雨，我真的就离家出走了，藏在了亲戚家，到了很晚的时候，母亲淋着大雨找了过来。回家后，她便大病了一场。

那时候，我一点都不懂母亲。现在我才明白，母亲在教育我的路上，也像播种玉米，从耕耘到收获，每一步都悉心照顾，却又从不溺爱，发现我身上滋生败叶的时候，毫不留情地砍去。在我成长的路上，母亲教会了我做人，身上要有宽容、担当、责任。做一株耐得住干旱、经得起风雪的秧苗。

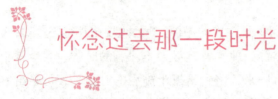

怀念过去那一段时光

记忆是个好东西，它总是把久远的故事带回眼前，就像长大后的自己，把过去那一段时光深深怀念。

外婆走了，像一阵秋风，带走了所有的苍寂，以及那一刻的晨风。无论母亲的挽留多么强烈，最终还是没有阻挡她的脚步走向那一片熟悉的土地。

黄泉路上，外婆并不孤单，因为身边有舅舅的陪伴。舅舅是外婆身上掉下来的一块心头肉，是外婆把舅舅带到这个世上的，舅舅不忍心看到外婆一个人孤独地离开，毅然决然地去送外婆了，这一送，便是永远。这一路，悲痛成河，其实又是那么的凄美！

外婆走的时候，阳光下盛开着大朵大朵的紫藤萝。有人说在五月六月去世，是一个人生命中最悲惨的告别。其实我觉得，这个人说得有点过激，在这个季节，纵使肉体就像时光一样糜烂、发臭，但是不妨碍灵魂的纯净、虔诚。在花香中飘散了他的芬芳，在阳光的气味中飘散他的过去，这样的离世，多么的壮观与幸福！

舅舅是在外婆前脚刚走出去，后脚就跟着出去的，就像小时候，他沿着外婆的脚印去好奇地寻找一样。

外婆与舅舅的离去，给那个家庭带来巨大的悲痛。

那时候，我还不懂事，也不懂悲伤。

外婆家离我家不远也不近，翻过那座山梁就是。

小时候，母亲经常把我丢在外婆家。后来听母亲说，她把我丢在外婆家是被逼无奈。母亲生下我的时候没有奶水，家里穷得连一袋奶粉都买不起，眼看着我就要被活活饿死，母亲父亲心急如焚。外婆不顾后果把我从母亲的怀中抱走了。每当母亲说到这里的时候，神情苍郁，泪花闪闪。我明显能感受到属于那个年代的辛酸苦楚，以及母亲对外婆的无限感激与深切的怀念。

　　村里人对我说外婆去世了，问我怎么不去给外婆戴孝。我当然不知道外婆去世的消息，因为母亲父亲走的时候不会对我说。我也不懂去世是个什么概念。过惯了饥饿的日子，心里便有了一种可以被原谅的理解：去世了就是人死了，人死了就可以吃酒，可以吃到肉和酥油条了。对于童年的我和幼小的弟弟来说，死人是件快乐的事情，对哭丧的声音，也习以为常。

　　那年，我第一次一个人去远方。远方并不远，但对于我来说，就是很遥远的地方。面对着熟悉而陌生的小径，我害怕又不缺欢喜。小径上长满了带刺的植物，时不时刺进我那配对凑成的一双破鞋，就这样，我来到了外婆家。

　　记忆中，外婆家是个避风的港湾，起风了，就可以躲进外婆的怀抱。可是那天，外婆家并不是从前那样，阳光照着古门，伴随着一阵莫名的温馨。除了撕心裂肺的哭声，就剩下鸟雀的鸣叫了。

　　母亲与姨妈跪在外婆的灵柩前，不停地拍打着土地，却再也唤不醒沉睡已久的外婆与舅舅了。我看见父亲，有了一种小鸟无家可归、忽现鸟巢的感觉，而他看见我的时候却蒙了，问我怎么来的，我说一个人沿着小径走来的。父亲让我一个人赶快再沿着来的小径走回去照看弟弟，我答应他说，马上就回去了。我说我饿，我要馍馍。父亲还因为这个，在有人的地方打了我，记忆中从此我也害怕了父亲，疏远了那一份冤枉的情感，就那样一个人回去了。那是我第一次感受到，原来人去世了不光有酒吃，还有疼痛、饥饿。

　　我是被外婆从出生后的第七天抱走后直到四岁才回到母亲身边的孩子，在不幸与幸运之间徘徊。在童年的生活中，每当我饿的时候，我就会想起外婆，想起舅舅，想起外婆烧的馍馍有着梨花的香。

　　我问过母亲，外婆和舅舅怎么不来我家啦？我去外婆家怎么外公总是说他们出门了，要过很久才会回来，回来后就会给我买好多好多吃的？母亲说，外婆和舅舅去了一个没有人知道的地方，再也不回来了。说到这里的时候，母亲就会情不自禁地流泪。我知道这是母亲的一块心病，所以很久都没有再问过关于外婆和舅舅的事情。

　　那时候倔强的我不愿意相信外婆和舅舅就那样离开了的事实，不相信两个那么好的人儿怎么就走了，就像我不愿意相信村里的人老死了以后只有一座坟头和一摊败草一样。

多年以后，奶奶去世了，我头上戴着一尺白布，跟奶奶的其他孙儿一起跪在奶奶灵柩前守夜。奶奶出殡那天，我们哭得那么伤感。我终于知道了离别的悲伤，也想起了外婆与舅舅，把对他们逝去的悲痛在奶奶的去世中一并释放。

在我高考的前夕，母亲说舅舅离开的时候，对我抱有很大的希望，希望我长大后可以考上大学。如今，我终于长大了，我也考上了大学。可是舅舅，外婆，你们能看到吗？

爱是一棵月亮树，你们会是天边最闪亮的星吗？你们能看到我这一路的历程对吧？

就这样，我怀念着你们，在过去的那一段时光里。在未来的一段时光里，我还会继续怀念下去。我曾爱你们，也会爱下去。

城市与乡村之间

高中毕业的时候，一位姓丁的同学在我的毕业册上写道："你不是诗人，但可以诗意地生活，如果能够诗意地生活，那你就是诗人！"至今记忆犹存。如果不是生长在乡村，我想他也不能写出如此隽永凝练的句子，但我更多的是被他诗意豁达的情怀所折服。

我成长于乡村，三年前，远离故乡来到城市。城市的繁华让我在很长一段时间里感受到生命的狂喜。站在高高的楼层上，整座城市一览无余。霓虹闪烁，人来人往。不知道从什么时候起，我开始厌烦城市。周末时，我会换上早已准备好的旅游鞋，沿着环线向看得最远的地方跑去。我总以为城市之外会有大片大片的麦地，可是跑了很久，发现城市之外只是即将被开发的小区。

我是一个适应能力很强的人，但我很不适应城市的喧嚣，也许是因为我从骨子里喜爱宁静，所以拒绝城市。

城市让人忽略了时间。

最近两年，我彻夜彻夜地失眠，醒来后头开始剧烈疼痛。只有待到狂风暴雨的季节，世界才能安静下来，让我享受一个不失眠的夜晚。

转眼间，我已经在城市待了三年多了，即将离开这座城市，明天我也不知道要去哪里。朋友问，你最喜欢的城市是哪座，我勉强地说，西安。虽然西安的气候不好，天空没有一天是透明的。可是西安总能给我心灵上的安慰。我很想告诉别人，我喜欢乡下、喜欢乡音、喜欢大片大片的麦地。可是这会给人产生一种逃遁生活的误解。

因为缺少懂得，所以只字不提。

好多次听见火车开出城市时轮子磨过铁轨的声音，我的心就会越加纠结。我很想扒上列车，一路向西。最终我还是向现实妥协了。

城市与乡村之间到底有多遥远？我曾经问我自己。现在我很想用泰戈尔的诗句来比喻，也不知道是否准确恰当。"世界上最遥远的距离是鱼与飞鸟的距离，一个在天上，一个却深浅海底。"

后来，我只身一人去了一座偏远的小县城。在城外的土地上，我看到了多年前的乡村。

这座偏僻的小城坐落于中俄交界处，乌苏里江的宁静让它获得了灵性。我整天待在房间里，久了，也想出去走走。我牵着一条朋友家的金黄色的小狗，沿着城镇的街道一直向尽头走去。我似乎已经形成了一种定性，随心而行。

不知不觉便走到了一大片玉米地里，这让我极其惊讶。我在城市找了多年的共鸣，在这里一览无余。那时已到傍晚时分，雨后的天空晴朗透明，云彩分外惊艳，风吹过玉米地，叶子间相互摩擦，发出沙沙的声音。蝈蝈的歌声和蛙声更是大自然里的天籁之音。远处的村子里烟筒里冒出红彤彤的烟雾。小狗深一脚浅一脚走在泥泞的土路上，高出的水沿着刚刚被脚印踩跨的凹处漫溢。

记得小时候，我经常背着一个背篓去田间打猪草，屁股后面也会跟着一条大黄狗。它懂得如何生存，从不会越过界线。除非你让它在前面先走，它才会去。尤其是这个季节，地里杂草丛生，野兔子特别多，只要听见疯狂的狗叫声，我便知道大黄把兔子赶出来了。我便丢下背篓，沿着大黄叫喊的地方跑去。有时候，大黄会逮着一只兔子，我便可以回家美餐一顿，如果没有逮着，大黄的使命还未完成，它继续去寻找，我便原路返回寻找扔掉的背篓。我跑过的地方，往往像遭雷击过一样。

在乡下，站在最高的山梁上，你可以听到风的呼啸声。尤其是傍晚时分，山湾里谁家的孩子一哭，整个村子都能听见。狗叫一声，整个村子里的狗也会跟着叫唤。天渐渐临近傍晚的时候，风吹动树枝，到处都是虫鸣声和远处树林里传来的鸟叫声，让人免不了心生恐惧。不管背篓里的猪草有没有打满，我都会选择迅速跑回家。而大黄有时候还在寻找刚才追丢的猎物，我的呼喊声它如果没有听见，天黑之前，它会伸着舌头自己回家。在大门口的时候，它会故意喊两声，表示它尽力了，或者怨恨我没有等它。我便立马给它一碗饭吃，它吃完后就满意地钻到自己的窝里了。

晚饭过后，村里的老老少少聚集在村口聊会儿天气，聊东家的麦子，西家的房子，来年的收成。日子就这样一天天过去了。我也渐渐成大，不再是孩子了。

在城市与乡村之间，我们很多人都迷失了自己的品性，整天埋怨城市的拥挤，却又看不起乡村。那些曾经住在乡村的人，无论你在城市待了多久，都不要丢弃一颗渴望静谧的心。即使城市繁杂喧嚣，只要你选择诗意地生活，在内心深处留出一片乡村的静谧，你也可以沿着另一条路直接抵达心灵的故土。

第四辑

那时·后来·如今

那些年，我们一起追风的少年

一

刀光怎么能灼伤黑夜中看穿繁华的眼睛？喧嚣怎么能洗净涂满在尘世的铅华？传说鱼儿的记忆只有七秒。七秒过后，它将什么也不记得了，谁又能否定七秒后忘却的快乐？谁又能否定去年被残雪冻伤的弧度？

二

故事总是在朝相反的方向变化发展。十字路口：你向左，我向右。多少年后我们才能再次相遇。还是这条街，伤心的路口。或许在这个过程中，我们往往不是输给了自己，而是输给了时间。

三

故事依然是故事，无关痛痒，然而故事总是从慢慢被遗忘中忽然又被记起而变得深远、清晰。从中也慢慢地让我们明白了，有些事情的忘却，只是为了某天更好地被记起。然而被更好地记起的人或事，还会是从前的吗？

四

仍旧是去年的长椅，漆还没有完全退却，就像记忆还未完全被时光湮没，被海风吹散。风中依然摇曳着那熟悉的风铃声，窗前的仙人掌花次第开放，阳光下的少年依然做着那甜甜的梦，诗语一般可爱的年龄，像花团拥簇到一起！曾几何时花落人家，各自奔天涯！

五

思绪是一条弧线，单调、弯曲。可谁又曾发觉这也是美的一种仪式呢？我的思绪不是一条纯粹的弧线，我的思绪是灵动的、充满着灵魂的弧线。它总是沿着我的生命之光漂泊，这么多年了，从未改变过方向。激动，寂寞，残酷，开心，流泪……似乎从我的血液中流淌过。只是不知何时，胳膊上的脉冲似乎多了几个频率，也查不出是痛苦还是欢乐。

六

习惯了属于一个人的孤寂，偶尔也向往两个人的甜蜜夜晚。只是那些年一起仰望朗朗星空的少年，今夜他们在何方呢？

七

自从中了文字的毒，一直都没有痊愈，反而伤得更深，直至骨髓，似乎我从未感受到这毒带给我多少痛苦，倒觉得它更像我青春里的一条温柔的河流，激荡着青春欢快的歌谣。

我坚持在这河流里，每天看书，写作，定期给灵魂洗礼。偶尔在夜里也会被一篇美文所吸引，对现实生活突然发出感慨！偶尔也会为一个小故事中的小忧伤小感动默默地流泪！习惯久了，有时候就会感觉好累，就想寻找另一种新的方式生活，就像诗人老了不能作诗了，就会寻找一些当年的老朋友，选择一堆篝火舞蹈起来，勾起自己年轻时的激情。坐在炉火旁打盹，有人会手捧一部诗歌给你慢慢阅读。

回忆，何尝不是另一种栖息的生活。

八

我也幻想生活，我幻想星星的变奏曲可以让一个爱在夜晚哭泣的婴儿早早入睡，我幻想全世界少年的青春之梦能赶在黎明到来之前开出美丽的花朵。

我也幻想我的少年，我的风。

可是美丽何曾眷顾于我？

我也没有太多的奢求，如果能像若非一样就行了，写着一个人的文字江湖，不需要太多观众，只需要有那么一个人能读懂！自己别再承受太重，太重的情感与生活。

我羡慕诗人老了在炉火旁打盹的回忆，也羡慕若非的年轻、孤独，抑或青春文字的冰冷。至少，给了我一个哭泣的理由。

九

文字总是让我回想起很多过去的事情，无论是悲伤的，抑或欣慰的。都会随着文字在我的世界飞扬！

依稀还记得那年，我喜欢追风！为了追风，我每天都会折叠一架带螺旋桨的纸飞机，每到放学之时，我总是一个人跑到最前面，看螺旋不停地在我的奔跑中飞速旋转。

有一次小村庄突然刮起大风，我和一帮小伙伴追风。准备好的纸飞机螺旋桨不停地被风吹动而旋转着。我说风是从北方来的，小伙伴们说是从西北来的。为了辨别风的方向，我一个人爬到最高的山上伸开双臂，让他们看我的衣服吹向哪方。

风是北风，我们都没有错。错的是时间，它没有让我们提前到达明白北方也包括了西北的境界。这缕风慢慢地随着我的长大被遗忘了。

如今又突然被想起。不知是风变了，还是人长大后不习惯追风了，感觉长大后越来越孤单。风也一样吗？

十

其实风还是那样徐徐吹来，稍有不注意便不会发现有诗意在其中。闭上眼睛，让风自由吹拂吧！就像歌里唱的那样："我像风一样自由，就像你温柔无法挽留。你走吧，最好别回头。"

或许我已经走远了，所以无法再像从前一样自由追逐。可是风，你是否也走远了呢？

十一

那些年，我们一起追风的少年，突然间感觉都不见了，曾经一起在樱桃树下许诺，长大后还会约在一起，在这个季节，这个地点。我们会一起去追风，沿着风的方向，我们会一路狂奔，螺旋桨上荡漾着青春年少的阳光，耳边向后奔跑的风夹杂着青春轻狂的声响，让我们一起去追寻那份纯真的流星雨时代吧。

如今都像樱桃花，风一吹，各自散落天涯了吗？

十二

过往的云烟，飘然而逝，迟到的黄昏，渐行渐远。

或许他们都长大了吧！或许都已经把那个樱桃树下的承诺忘记了吧！不知道他们是否也和我一样，没事有事的时候会记起那些年，我们一起追风的日子！

或许每个长大后的孩子都会有过一次追风的记忆，而每个追风的季节，是否还会有人想起，那些年我们一起追风的少年呢？

闲暇的时光里，喜欢一个人静静地坐在草坪上，聆听一种声音，包围整座城池。

远远望去，灯火阑珊，过马路的人来来往往，不问各自的姓名，写意着城市的川流不息。有一种声音，让我们还来不及触摸，就在一念之间销声匿迹了。许多风景次第老去，没有人告诉我们，时光太老，我们依旧年轻。

路过弯弯曲曲的校园小径，时常会闻到一股淡淡的清香，喜欢这种味道，有着童年的甘甜，也喜欢一个人，穿过那片小树林，来到最安静的世界。

有时候，总是觉得周围少了点什么，高高的楼宇，望不到尽头的稻田，空荡荡的操场上，除了几只捕食的小鸟，就剩下风吹落叶子的痕迹。还好，四月的天气依旧明媚，黄昏增添了许多姿色，行走在这样的世界里，才发现，它丝毫没有带给我多少生命的狂喜，感觉这个世界就我一个人，慢慢地，连我自己都是模糊的了。

我不知道我来到这里，我将要干什么，我也不知道，明天我要去何方，我甚至忘记了我最初的梦是什么，我是谁，我为什么要徘徊于各种想不通的疑问之中。昏昏沉沉，时光就这样流逝了，我还是没有弄明白哪个方向是我的眼。我很怀念过去的那一段时光，却残酷地发现，无能为力挽回的总是过去，享受不起的总是现实。

还记得吗？那时候，我们是一群淘气的孩子，我们总是喜欢站在最高的地方，对着脚下的城市说"我是最棒的"。我是第一个爬上这座城的最高处的人，我要在这块大石头上留下我的大名，我要让后来人知道——我是谁。

盛夏的夜晚，音乐教室里传来动听的琴声，是那首我们最熟悉的《天空之城》，那旋律，像风，像雨，更像流水落进小石潭。匆匆的我们，放慢了脚步，发誓将来要成为像班得瑞那样的钢琴大师，要全世界的人都能听到我们的琴声，每一根琴弦拨动，都能代表我们的心跳。我们的手指在钢琴架上像流水般来回穿梭，那潇洒，那古典，让全世界都为我们尖叫。

雪花落满天空的时候，我们都幻想，圣诞节那天，圣诞老人会降临人间，我们如果能牵着自己喜欢的女孩，和圣诞老人一起在落雪中堆雪人，那该是一件多么浪漫的事啊！

我们曾沉迷于海子的面朝大海、春暖花开，我们想脱离学校的各种束缚、家长的唠叨，我们想住进我们自己在海边修筑的房子，仰望湛蓝的大海，看潮起潮落。海风吹起，温柔地拂过脸面，闭上双眼，还可以闻到阳光的味道。无聊的时候，脱下鞋子，穿上薄如蝉翼的连衣裙，抑或洗得发白的短袖衬衣，光着脚丫漫步在沙滩上，捧起细细的沙子，任沙子在指尖被海风随意吹起，我们就能感受到曾经感动了我们多年的洛丽塔的故事。

我们也曾沉迷于雪莱的诗句——"冬天到了，春天还会远吗？"模仿着用歪歪曲曲的笔迹在干净的信纸上认真地写下："春天到了，你还会在我身边吗？"

我们也曾幻想我们是一群永远长不大的孩子，我们都曾在自己的QQ签名中写过这样的句子："我是个孩子，我想涂去一切不幸，我想在大地上，画满窗子，让所有习惯黑暗的眼睛，都习惯光明。"

如今，多少个春去秋来、夏末冬至都走过去了，我们的班得瑞，海边的房子，幻想和圣诞老人堆雪人的女孩，你们都去了哪里啊？

寂静的樱花树下，静静地听着风吹落枯枝的声音，一转眼，我们少年都不再是少年了，那唯美时光，我们再也回不去了。

青春，是一道明媚的忧伤。我不知道，这句话是谁最先说出的，我觉得，说这句话的人，他一定是一个很怀旧的人，不然又怎么能用一句话总结出这么模糊的概念呢？无论这个人是不是怀旧，都无关痛痒。但是他告诉了我们，青春，的确是一道明媚的忧伤。难道不是吗？我们幻想的最终都会随着时光的慢慢流逝而覆灭，我们最快乐的时光，又总是走得太快，抓也抓不住。我们说好的，到了大学大家一定要天天在一起玩。那些年，我们曾实现的和没有实现的，后来都被风吹散了。

当一阵晚风吹过的时候，我坐在樱花树下，沉思着，回忆着，偶尔拨动着手机的上下键，网页中穿梭着这个世界的声音。这个季节，好多人的心情都写着关于樱花的消息，我在幻想，东北的樱花开了的时候，校园的各个角落都会弥漫着淡淡的花香的，一米阳光洒在樱花树上，朵朵花儿抹上了浓妆，樱花树下，男孩请求女孩闭上眼睛，顺手摘一朵花瓣，别在女孩美丽的发梢上，那该是一种什么样的画面呢？醒过神来，望望我身边的树，它反而像一个沧桑的老人，都还未生出绿叶，也不知道，什么时候才会开出花海，我想不远了，就让现在的我走进网络和你们一起欣赏南方的樱花吧。

且听风吟，青春未央，熟悉的声音，我们的少年，都走远了，寂静的樱花树下，我愿成为一棵小草，在黎明到来之前，听樱花绽放时的声音，静静地，让我听见，美丽的时光也在绽放，这何尝不是一种幸福呢！

又是花开时节

　　我是一个偏向安静的男孩，总是喜欢一个人躺在草地上仰望朗朗星空。没事的时候，我也会走向一片小树林，且听风吟。也向往有那么一个人不顾千山万水，风雨兼程赶来陪我看花开花落。

　　只是我习惯的动作依然勾勒着幻想中的黎明，十字路口，我所等待的人终究没有出现。

　　我开始怀恨这所城市，甚至这里的天气，它总是让我的心情变得更加糟糕。这都临近五月了，空气中还能闻到一股淡淡的寒气。

　　这些天打开电脑，空间里好多人的动态都是关于春天赏樱花的场景，此时我才想起，好久都没有出去走走了。于是换了一种心情，来到了弯弯曲曲的校园小径上，这条小径很少有人光顾，去年的枯叶腐烂后留下来的痕迹还清晰可见，或许这里的荒芜原本就属于我，跟别人无关。

　　穿过这条小径，来到无限空旷的运动场上，黄昏临近的时候，运动场上散步的人明显比平时多了，只是，周边的大树依然光秃秃的，看不到丝毫蓬勃的样子。此时，我便想起了故乡，那里的桃花应该开了吧！青青河边草，牧童赶集着羊毛上的春天，那美丽，在现实面前，往往只能属于回忆了。

　　也许过不了很久，这里的花儿也会静静地开放的，这里也会有我等待的人出现的。她会陪我看完这一场迟来的紫丁香花的海洋。怀着这份期待，沉浸在夜晚的风里。

　　一阵夜雨过后，灿烂的阳光普照大地，一切沉睡久了的生命，包括那些去年冬天被冻伤的梦，都开始活跃了起来。

　　这雨声也是我来东北以后听的第一场春雨的声音，我一直都迷恋于江南的烟雨，然而造化弄人，后来的我来到了东北。

　　清晨雨后的校园里，比平时多了一些镜头，也让我看到了一些大自然的神奇。没有叶子的树，却挂满了花苞，还来不及闭上眼睛的瞬间，一束

第四辑　那时·后来·如今

一束的花苞次第盛开了。一米阳光射过枝枝瓣瓣，没有蝴蝶、蜜蜂，花朵依然争奇斗艳，无比绚烂。长长的焦距镜头里，女孩站在一棵古老的丁香树下，甜蜜地笑着。不由得让我想起了一句诗：去年今日此门中，人面桃花相映红。人面不知何处去，桃花依旧笑春风。

我感动于这良辰美景无法自拔，我所钟爱的季节，终于让我看到了花开时的容颜，慢慢地，却又让我听到花落的声音，如玻璃般破碎。

在这之前，我就特别向往东北的雪，听说东北是雪落之国。

如今，又到花开时节，我才发现，我喜欢的雪是别人的，我喜欢的人是别人的，我喜欢的花，终于属于了我自己一次。

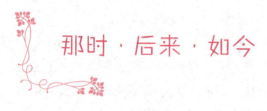

那时·后来·如今

那时候，我们都一样，都渴望快点长大

还记得高三忙碌的日子吗？还记得我们整天都沉浸在书海里，算着永远算不完的数学练习题，背着永远背不完的英语单词和名言名句的日子吗？面对接二连三的考试，我们深感无力和无奈。

我们都一样，曾经都很恨数学，甚至恨最先创造数学学科的那个人。没有时间去吃早餐，同学就会给你捎一份，你也不会说太多客气的话语，欣然接受了。因为我们都知道，满满的感动早已在大家心里荡漾开了。

下课了，大家会三五成群地聚在教室外的走廊上，吹着异常惬意的风，谈谈天，讲课堂上发生的种种，或者是打打闹闹地嬉戏，短短的十分钟，永远都是那么开心，却又是那么短暂。上课了，总是有那么几个淘气的小鬼，等到其他人都进了教室，老师也进去后，在最安静的时候，装作跑错门、看错方向，在后门处大吼一声"报告"。还有更调皮的，装作没有听见老师说的"进来"，连续喊几声"报告"，逗得老师同学哭笑不得。虽然扮演了一个个丑角，像个斗猴的，但是没有人会这么想，也没有人责备，那时候的你们，目的很单纯，只要大家笑了，开心了，就是最大的收获。仅此而已。

你有没有也在一张小小的纸条上写下你同桌的名字，再画一只大大的丑丑的小猪，用胶带小心地贴在人家背上面，为了完成这个很容易被同学发现的动作，你把智慧发挥到了极限，如果用这些智慧投入科学，我想比原子弹更具有杀伤力的武器都被你制造出来了。放学了，你就会像个小狗一样跟在你同桌后面，在同桌被同学们发现并取笑的时候，暗自体验阴谋得逞的喜悦。你的同桌也不会生气，很淡定地取下那个纸条，把名字用涂改液涂去，写上另一个同学的名字，以相同的方式贴在他的背上，然后跟在后面偷着乐……

就这样，一天一天，我们过着单调而简单的生活。

那时候我们很天真，很叛逆，我们的桌仓下总是藏有一本小说，我们曾被书中的小故事感动得泪流。然而在学习上，我们总是不能如愿，我们被逼着学习。大家都挤在高考的独木桥上，过桥的竞争是那么激烈，而我们之间又是那么友好。所谓的差生与优等生之间没有任何的嘲讽或者看不起。年少的我们总是很贪玩，面对父母的唠叨，我们会做出无奈的表情。那时，我们都渴望快点毕业，快点长大，快点获得自由。

这就是那时候，小小的人，都有一个想长大的梦。

后来，我们终于在这样的渴望中长大了

　　我们想要时光快点过去，让我们快点解放。终于，我们在这样的期盼中毕业了，我们获得了渴望已久的自由。

　　还记得毕业的那天吗？我们肆意地笑着，把平时珍爱如宝的高考习题和所有的课本撕得粉碎，抛向天空，抛向梦最初的地方。一片片的碎纸，慢慢地又回落到地上。连同老班说的话："你们终于毕业了，看着你们这一年的煎熬，我也很难受，今天，我和你们一样很开心。你们的明天是光明的、充满希望的。去大学追求你心中的梦想吧！"你有没有看到老班说这话的时候脸上难受的表情？毕竟我们朝夕相处了三年，分别之际，总是不舍。天下没有不散的筵席，来年陪伴老班的又将是一批和我们一样调皮、可爱的学生。

　　还记得老班说"你们走吧，朝自己的梦想走去，永远别回来了"时，我们是那么的不坚强，第一次在老师面前掉下泪来。那时，我们可以在老师面前吸烟、喝酒，老班不会再像以前那样厉声批评我们了。他会说，有烟瘾的以后抽淡点，没有烟瘾的就不要抽烟。那时，他不是我们的老班，而是我们永远的哥们。

　　我们唱完了一支又一支歌，拍了一张又一张的照，在快门声响起的时候，我们多么希望那一刻能够永远定格。可现实却是，我们在一首毕业歌之中，散了。我们当时都哭了，哭得那么肆意，那么傻……

如今，却再也找不回遗失的青春了

　　忍受着三年的寂寞煎熬，凭着自己的那份倔强，我终于考入我的"象牙塔"。可是大学却并不是我们想象中的那么完美，在这里，大家都很现实，也很势利。整天面对形形色色的社团和陌生人，我们不愿意相信，这就是

我们昔日向往的"象牙塔"。不过，这只是对于我们这些处在三流大学里学生而言的。对于那些还处于高中的你们，我想说，你们很幸运，如果你想看到想象里的美，那么就坚定地选择寂寞和刻苦。去清华园，去未明湖边，去中国最好的大学吧！那里定会看到"象牙塔"里最初的风景。

学弟学妹们，希望你们好好珍惜现在的高中时光，即使再苦再累，也要坚定地走下去。高中的老师是除了你爸爸妈妈以外，最爱你们的人了，他们像保姆，看着你们慢慢长大，却从未埋怨。高中的同学是你们一生的朋友，高中发生的每一个大大小小的故事，都值得你们一生回味，那些难以忘怀的记忆注定会成为你们人生相册里最动人的相片。请珍惜高中生活，为了爱你们的人和你们爱的人。

再不疯狂我们就老了

"风华凄凄，这安静的你，更让我确定，什么叫，爱情。"

今年在网上最火爆的一首歌曲莫过于这首由李宇春演唱的《似水流年》了。它的影响力不在于是由青年偶像演绎的曲目，而是这首歌曲本身的魅力所在，它唱出了我们这一代人的心声，无论是完美的歌词，还是安静而高雅的旋律，无不让人感怀渐行渐远的青春。从另一个角度去思考，它也鼓舞了很多焦虑不安的人，告诉他们不要再懒散，不要再沉迷于网络，不要再颓废于失败，不要再杞人忧天，不要再浪费青春。因为再不疯狂我们就老了。

跑步的时候，风从耳旁不断地向后吹去，有一种声音，还来不及回首，就静静地走进了我们的心灵深处，那样的安静、朦胧。却没有人看到，那是时光磨损下的伤痕。向后远远望去，那些年，我们渴望一起长大的少年，转眼间，都消失在了长长的巷子里头。

大片大片的麦田里，秋风又收割了一季的成熟，无论镰刀下的舍与不舍，都无法改变血淋淋的结局，壮观而苍凉。

去年的秋天，迷人的笑脸，今年的秋天，我们是长大后的少年。

温暖的时光，让我们再次想起，那些白色的羽毛，涂满的那片星海，我们看呀看呀，最后天就那么亮了，人也走散了。

曾经怀着无比激动的心情，以孩子般的面孔，走进了我们渴望已久的象牙塔。而今年的这个季节，我们拥有了新的称呼，我们也从未想过，或者冥冥之中就已经注定了，我们也是曾经的自己。

我是一个很不愿意听到别人叫我学哥的人，我承认我在某些方面是有着洁癖的人。他们的呼叫，就像秋天的风，卷起来的不是落叶，而是荒芜、苍凉。甚至让我隐隐约约地感觉到自己真的老了，挂在胸口的大别针，生着老时光的铁锈。无论我们是否敢于面对现实，但是，我们要勇敢地承认，它的的确确来过，并且不知不觉地从我身边溜走了。

每天都会有很多的人从我们身边走过，陌生的，熟悉的，披着长发的，没有穿学生装的，都是我们青春年华里的朋友或者遥远的风景。

柔软的风，吹来了新的开始。张口一个学哥，闭口一个学姐，我很想笑他们怎么那么傻呢？其实我更多的是笑曾经的自己，当初怎么那么傻呢？笑过后的自己，不知道怎么了，眼角有些湿湿的痕迹。我们无处安放的青春，真的没有地方安放了。真羡慕他们的风华正茂，青春尚在，只希望自己还能赶上青春时光的尾巴。

"再不疯狂我们就老了，没有回忆怎么祭奠呢？还有什么永垂不朽呢？错过的你都不会再有。"

每天夜里都是这首歌陪我走过的，常常伴随的是键盘与泪水磨合的声音，回忆，思考，静听，然后一切都进入了梦里。

对自己的人生负责

我们常说，生命是伟大的。就算是一株草，也清晰地明白，向阳地活着，才能活出感性。

有时候，生命又是那么的卑微，让我们神情恍惚，措手不及。走路的时候，不明不白，一只强悍的蚂蚁便轰然倒下，血流成河。夜晚最安静的时候，还来不及闭上眼睛幻想星空，一颗明亮的星辰瞬息坠落了，留下的是大把大把的寂寞从两千米的上空不断地逼向整座充满腐烂气息的城市。大千世界，变幻莫测，失去的，终究成了身后的风景，永远地远去了，留给我们的是一片华丽的苍白，无声的叹息，美好抑或残缺的回忆。

既然生活从不给人生再来一次的机会，何不趁年轻，留住那些温暖的时光，为我们所爱的人，也为我们自己好好地活着，你说，我们是不是很幸福呢？

买不起车了，我们徒步走去，照样能走到看得最远的地方；住不起楼房了，我们住草屋，只要有爱，一切都会显得很温馨；金钱没有了，我们还有双手，只要不怕艰辛，面包与牛奶，无关痛痒。如果一个人的生命遗憾地画上了句号，那他就真的什么也没有了，就连人世间最痛的离别他都没有资格来享受。

我亲眼见过一只甲壳虫死亡的过程，挣扎也不过一瞬，四脚朝天，轰然倒下了。眼神都是麻木的，何况冰冷的永远是无辜的泪水。但是我从未见过一个人求生的痛苦，在面对死神与人性的时候，只要人性哪怕有一丁点善良，给它递一株草，一株救命的稻草，或许就能从死神那里重新回到现实世界。现实却告诉了我们，死神终究还是战胜了人性的自私，也告诉了我们，人性的自私比死神更可怕，绝望比死亡更痛苦。

假期有幸去社会上体验生活，虽然我口口声声把这次行为称为"遭贱"，但是我得承认，我从中受益匪浅。在这之前，我想说，我亲眼见过现实的残酷，他把一个英俊的父亲逼成了一个伸不起腰的老人，灰白的水泥灰，更是让他失去了一双明亮的眼睛，暖阳中的背影下，他流淌着藏有多少不可言说的辛酸与汗水，或许只有他知道，或许只有我看见了。但是，我从来都没有亲眼见过，一个人的生命被现实社会玩笑似的画上了句号。

在一个内陆湖沙滩上，有一个人，不会游泳，怀着美好的心情去湖里玩，二十分钟后，被抬上来的却是一具冰冷的尸体。不到两米的水，整整二十分钟的求生时间，离他不远处的地方就有一帮人在游泳，沙滩上还站满了同种肤色各种姿态的人在围观，却无一人动容。这不得不让我想起了前几年，长江大学的三名学生舍身救人却结束了自己年轻的生命，不远处的渔船却挟尸要价，所透出的铜臭气息令人窒息。难道这就是当下的国人心态吗？

我们所处的社会就是这样，我们也不能还回它原来的样子，但是我们一定要懂得，热爱生命，相信生活。

二十六岁，多么可爱的年龄，就这样离开他的亲人，结束了自己的一生，或许这个世界本就不属于他，我们也只能祝福他忘记曾来过这个世界，记得，在天国要学会对自己的人生负责，或许只是一时疏忽，但是这一疏忽，足以泯千古恨。

周国平先生说过："我们活在世上，不免要承担各种责任，小至对于家庭、亲戚、朋友，对自己的职务，大至对国家和社会。这种责任多半是应该承担的。不过我们不要忘记，除此之外，我们还有一项根本的任务，便是对自己的人生负责。"

海伦凯勒说："上帝为你关闭了一扇门，就一定会为你打开一扇窗。"

每个人的出生是公平的，死亡也是公平的。生命只有一次，别人不能代替自己再活一次，自己也不能改变生死轮回这个循环规则。

我们不能要求别人，因为别人永远不可能成为自己，我们只能尽力地对自己的人生负责。

那些年，我们一起追风的少年

请让你浮躁的心忙碌起来

高三的时候我给一个隔壁班的一个小女孩表白失败了，从此以后便萎靡不振，学习成绩直线下滑，还经常挨老师的批评，几次模拟考试下来，从实验班下放到了普通班，再从普通班的前几名到最后的垫底，跟唐朝的李白被李隆基从京都流放到夜郎有一拼啊！以致在家长会上我爸爸成了重点挨批的对象，替儿子交学费上学，还要替儿子受气，再加上听着班主任当着全班家长的面夸奖某某某的儿子学习多好多好的时候，那心情要多苍凉就有多苍凉。苍凉归苍凉，生活还得过啊！后来家里也借鉴学校开家长会的模式搞了一个家庭研讨会，我也就理所当然成了全家人批评的对象了。

班主任经常叫我去办公室问原因，爸爸天天骂妈妈以前太惯你宝贝儿子，妈妈数落爸爸你有本事咋把你儿子教育成这样子呢？甚至最后校长也叫我去谈话了，但是都无法改变现状。

到最后连家里人都无奈地表示放弃了，我也放弃了自己，给自己的目标是考一个高职就够了。

那时候我很忧郁，我真的希望有一个人能明白我是因为失恋而成绩下滑的，那时候我也很傻，总以为我应该挥霍一段青春来纪念我的爱情。

甚至后来我自己都想不明白，为什么我学不进去呢？每天都给自己说，忘记吧，从明天起做一个幸福的人，面朝大海，春暖花开，可是重复的生活与不重复的人生总是这么的脱白。

我问过一个同学，这个同学是有故事的，他跟我一样都是因为表白失败也变得丢了魂一样的性情中人，更具有喜剧色彩的是，我们两个追的是同一个女孩，后来这同学也不知道从哪里偷来的忘情水，一下子就从阴影里走出来了。我给他发短信，我问他怎么忘记的，我怎么做才能不再颓废，才能从深渊里跳出来。

"请让你浮躁的心忙碌起来吧，这样就会忘记一些人、一些事。"他回复道。

我试着忙碌，可是最后还是没有忙碌起来，现实终究没有拯救下我，我败给了高考。

再后来，我来到了大学，一开始对菁菁校园充满了无限的憧憬，准备好了信心跟勇气，只等枪声响起，我就可以在跑道上启程了。给自己的目标是在大学里一定要谈一场轰轰烈烈的恋爱，弥补高中的那份痛苦的遗憾，还要混进学生会弄个一官半职，再发一些稿子，赚点生活费，摆脱由家庭救济的局面。

后来的后来我彻底灰心了，去了好多社团面试都没有人要，说我脑子里缺根筋，就连一个不到十个人的文学社都没有混进去。那时候我很受打击：这所大学不太重视文学，没办一份报纸，没有能让我表现自己的舞台；遇不到志趣相同的人；追了好多个女孩，都吃了一顿饭就再也联系不上了；让我很受刺激的是发稿子，从秋天投去的稿子到过年了都没有一家刊物采用。真是不幸中的不幸还是再次降临到我的身上了。

这次比高中的时候更加危险，我甚至不知道未来能干什么，对未来感到一片迷茫。李开复说二十岁的大学生不知道自己将来干什么，是很悲哀的。我在生活中再也不那么自信了，相反多了一分自卑，天天被人称作脑残，还被人讥笑长得有点着急，自尊心受到了很大的打击啊！好多次我都发誓要做给他们看，要向他们证明，我不是脑残。可惜时间一晃就过去，我还是一如从前般颓废，总是走不出寂寞，走不出自己给自己设置的怪圈。

今年刚来的时候，我接管了校文学社，还担任了很多家刊物的编辑，每天忙得不可开交，甚至走路、吃饭、上厕所都在看东西，从教室到寝室，两点一线的生活，虽然单调，但是很充实。以前我经常失眠，现在累得趴下就像猪一样酣睡了。每天还要跟各种各样的人打交道，慢慢地再也没有听到有人说我是脑残了，也没有说我长得着急了，偶尔在路上走过的时候，旁边会有小女孩悄悄地讨论，那帅哥就是文学社社长，好有才的！老师也经常夸奖我，说我文章写得好，前途一片光明。校领导还亲自挑选了一本我喜欢的书相赠。这让我明白了浮躁的人、闲散的人是不会得到别人的好评的，无论你多么的有才，只有埋头苦干、谦逊务实的人，朋友才会多，快乐也会多。我体会到了世间安暖，感觉一如从前般美好。

转眼间又到了冬天，我问朋友，现在是第五周了吗？今年雪下得咋比去年早这么长时间啊？朋友很郁闷地说，你神经病啊，现在都第十周了，你这大忙人忙得季节都分不清楚了。他摸了摸我的头说，没有发烧啊，还是快吃点药吧。我微笑地说，是吗？你有药吗？能治吗？我和朋友都笑了。

现在我终于领悟到了从前朋友说的这句话的含义了：在生活中，我们都懂的道理，但我们只要没有付诸行动，我们是无法感受到它的力量的。

每当我郁闷的时候，或者因为好多烦心事想不开的时候，我就会想起这句话，然后对着镜子给自己挤出一个灿烂的微笑，认真地对镜子里的自己说："请让你浮躁的心忙碌起来吧。"

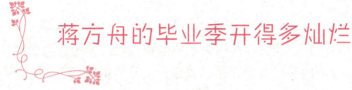

蒋方舟的毕业季开得多灿烂

在这个季节，有人来了，就会有人离开，所以人们更愿意把这个季节称为毕业季。

同大家一样，在大学校园里度过了四年青春年华的蒋方舟也要离开她昔日的同学、熟悉的校园小径、曾一度开得无比绚烂的紫荆花了。

四年前的这一天，她还是个懵懂少女，带着人们的期望与非议，走进了清华大学的校园里，四年后的今天，我们的蒋方舟她长大了吗？

尽管蒋方舟一直被称为"早熟女"，但是，经历了四年成长的蒋方舟给人的感觉是她比以前成熟多了，无论是人生观，还是爱情观，都有了很大的变化。四年前的蒋方舟需要的是潇洒如马哥，富贵如比哥，浪漫如李哥，在大学校园里，一定要谈一次轰轰烈烈的爱情。四年后的今天，蒋方舟说："我觉得不过三十岁，应该不是适婚年龄。我觉得好的爱情，双方应该都很强大，对自身高要求，对伴侣没有什么要求，只要频率和谐，温暖有爱就可以了。"

今天，带着二十二岁青春的她将与所有的毕业生一起走出大学校园了，这是一个多么可爱的年龄呀！在大家普遍对未来感到茫然的时候，蒋方舟又何去何从呢？

这也成了大家最为关注的话题，很幸运的是，机会永远是给有准备的人准备的，这句话还是有它一定的道理的。蒋方舟被《新周刊》聘请为副主编了，这让今年刚毕业的中国大学生情何以堪的同时，又引来人们的围观、祝贺、嘲讽，各种非议不比四年前被清华特取时遭受的非议少。

无论是什么样的观点，在蒋方舟眼里，那些都将成为远去的风景，她很少会出来为这些非议解释，抗议，她坚持一贯的作风，选择沉默。

七岁开始写作，九岁写成散文集《打开天窗》，十二岁时开始成为多家报刊的专栏作家，她可谓年少成名，也印证了张爱玲的那句名言：出名要趁早。

蒋方舟的写作道路并非一帆风顺，被人质疑她会不会像伤仲永那个失败的神童一样走向平庸，在谈及其作品时，被质疑她文笔的辛辣是不是因为在母亲背后提刀？经历这么长时间非议的蒋方舟，似乎在用行动向人们展示，她不会成为伤仲永。

写作这条路，被人们习惯视为漫长而孤独的，成大气候者，必先忍受得住寂寞，往往有成就的作家，大部分都是大器晚成。当然年少成名者，历史上也不乏其人：未成年即被司刑太常伯刘祥道赞为神童、向朝廷表荐、对策高第、授朝散郎的"初唐四杰"之冠王勃，和蒋方舟同为"80后"的青年作家韩寒，等等。韩寒在十八岁时写下了轰动整个社会的小说《三重门》，一举成名。

但是，人们在非议的同时，似乎都忘记了别人背后所付出的努力。蒋方舟基本上没有童年，她的童年全是书、笔、本子，所以世上没有什么天才，天才都是把别人不想丢弃的东西丢弃了，把别人想丢弃的东西也丢了而已。尽管蒋方舟说："童年是一个迷宫，我庆幸自己没有进去"，但我们还是可以想象到，哪个少年不希望自己有个玩得非常开心的童年呢？蒋方舟在接受媒体专访时说，自己这些年所做的事情，所花费的时间，都是别人的两倍，本来是打算先"荒废"一年的时间行走中国，多走一些省市，后来偶然有了一些出国的机会，就变成多走一些国家了。这个夏天本打算去伦敦看奥运会，可是现实又剥夺了她这个想法。

在人们提起蒋方舟的成功的时候，总是会提起她母亲。蒋方舟的母亲尚爱兰，也是位颇有名气的女作家。方舟在写作方面发展到今天，母亲所起的关键作用是毋庸置疑的。尚爱兰提及她曾特意找来一篇叫《大海》的文章给方舟，通过这篇反面教材，让蒋方舟懂得了滥用成语，其实是妨碍表达的，越是成熟的作家，他们的作品中越少成语，所以尽管蒋方舟知道的成语很多，但是文章中用得极少极少，往往有意回避。

当然蒋方舟的成功不光是因为文风的娴熟、良好的家庭教育，更重要的是，她像韩寒一样，在对待生活的时候都有着自己独特的见解，生于一九八九年的她年少的时候标榜自己是"泛90年代"，但是随着成长，蒋方舟对自己的生活和理想又有了新的想法，出生于一九八九年的她要和"80后"划清界限。这些在人们眼里看似像炒作一样的想法，是不是更容易反映出蒋方舟渐渐长大的一个历程呢？

让我们一起关注一个人的成长，关注她的生活，关注她的未来，用期待的心情，看看她能给我们带来什么吧！

蒋方舟二十二岁的青春，是多么美丽的青春呵！就好像清华园里盛开的紫荆花，朵朵都写意着九月的美。

青春是一朵花

好久以前，我就有一个想法，等到五月份，这里的花儿全都盛开了的时候，好好拍几张照片，留作青春的纪念。

后来，终于等到这一天，可是我却忙得再也抽不出时间光顾美景了，我也不知道我整天都在忙啥。明明说好的，明天一定要借一架照相机，去操场边拍摄，去白桦林拍摄，去所有开花的地方拍摄，但是到最后还是没有履行昨天所说的那么坚决的话，就这样，一天推一天，直到花儿都枯萎的时候，我才有时间出来逛逛，不是为了拍照，是因为心情不好。来到操场边，才想起大学的花儿都开了好多天了，看看花，总以为心情就会好很多，只是我们想象的却是我们永远不能遂愿的。

沿着校园里那些弯弯曲曲的道路走去，所有的树枝上都挂满了花，只是走到最后，都没有看到一朵开得最灿烂的，突然间就让我有一种怜花惜玉的感觉，也让我想起了叶赛宁的那首隽永的诗句："或许你还会想起我，就像想起一朵不重开的花朵。"

一个人，绕过几条小径，来到空空的操场边的桃树下，刚好遇见几个认识的同学，他们有的拿着相机，有的拿出手机，不停地拍摄着这春天的景物。我真不明白，他们拍的到底是啥？最美丽的时候都错过了，还有什么可拍摄的。

有几个女孩见了我就很惊讶地说："这不是顾彼曦吗？怎么你也有出来的时候？"旁边的一个接着说："人家可是诗人哦，出来写诗的吧！"对于前者，我很惊讶，对于后者我很尴尬。因为我从来都没有发现有人会注意我的生活，我也不觉得我是个诗人。我想告诉前者，谢谢你这么说，我很感动，我不是不想出来，只是时候未到。我想告诉后者，我是个文艺混混，但是出来不是写诗的，是散散心罢了。可是到最后，我对谁都没有说出口，因为有些话，真的想说，到了嘴边，还是无法说出来。就像很多人，离开了才明白最初的时候，应该勇敢地挽留，只是最初想挽留的时候，我们都没有伸出手，当我们真的伸出手的时候，留下的只是远去的背影，以及孤单的自己，驻足远方。

我问她们，花儿都开过了怎么才拍摄啊？这样拍出来的照片应该不好看吧？另一个则说："因为错过了，所以不想错过得太多，所以拍拍呗。"

也许长长的时光镜头里，终究还是留不住那些将要逝去的青春，虽然他们没有来得及留住花开时的容颜，但是能留住花落时的声音，这何尝不是一种美丽呢？

青春也是一朵花啊！或许有的人早已错过了，有的将要逝去，有的正在沐浴青春，如果每一个人，都不一味地怨天尤人，错过了，还能懂得珍惜剩下的青春，那青春之花，即使凋零，何尝不是一种洒脱呢？

听风的少年

对于风来说，相遇用不着挂念。风吹过湖面，涟漪荡漾，风吹过高山，冷峻奇险，风吹过每一寸热忱的土地，就像我对你的记忆，随处蔓延。

亲爱的少年，世界不会因为你的缺失、我的衰老而有所改变。我们都是夜里容易失眠的人。

十七岁那年，我们都还是孩子。你扎着马尾，剪着齐眉刘海，我剪着板寸头。你总是在人群中说我像个孩子。记得有一次，我甩掉你的手扬长而去，为这我们还冷战了很长一段时间。后来，我妥协了。你笑着说，少年，你是我的纸飞机，我知道有一天你还会飞回来。我傻傻地笑了。你总以为我从此以后会听你的话，好好学习，跟你一样成为老师的宠儿。可是你知道吗？我是一个从小被爸爸妈妈宠坏了的孩子，我背着你去了很多地方。后来，我输给了高考，你赢得了一张盖戳的纸张。你不知道当我看到你笑得合不拢嘴的时候，心里有多么的痛苦。你的纸飞机，因为你的胜利，再也飞不回来了。

十九岁，我只身一人来到了遥远的东北。我走的那天，你来车站送我，我答应你，每年的冬天，我会拾大把大把的雪片与明信片寄送给你，让你看看我们曾经在地图上圈了很久的东北平原有多辽阔，小兴安岭有多美丽。来到这座城市，我开始大把大把地失望。这里并没有想象中的那么美好，我不知道在南方某座城市的你会不会跟我有同样的感觉。

你曾说，等到我们长大了，一起去远行。你知道吗？我每时每刻都希望这一天早点到来，可是，亲爱的少年，你又在哪里呢？

转眼间，我已经在这所城市待了三年多了。这三年来，我都是一个人。也许你会问我，一个人孤独吗？我倒觉得这种安静很难得。为什么两个人就不孤独呢？一个人也很温暖的。

最近突然生病了，我去了医院，但不是去看病。在医院看到了很多人，他们都站在那里打点滴，我特别害怕，我怕有一天我会跟他们站在一起。

当我跑出医院的那一刻，风急骤地从我眼前吹过，我的发丝被无情地吹乱，我急得放声大哭，阳光温暖了我的影子，内心不断地被时间抽空。站在城市中央的我，开始蜕变为你所说的纸飞机，挂在城市的街角，一次次被折断了羽毛。亲爱的苏菲，忙碌的车流与人海，并不会因为我的疼痛而停留。本以为沿着这条街道一直往前走去，你会在某个街道口忽然出现，给我一个棒棒糖，你说生活真甜，友情真好。等我走完了整条街道，时光机把我的影子剪辑成了一张张破碎的老照片，并未发现有你出现在镜头里。因为你，我并未放弃行走的习惯，因为我知道，尘缘未尽，你一定会来到我身边。

你离开的时候，时光开始大块大块地剥落成碎片，亲爱的少年，请你一定要放心，我会帮你拾起来，放进你床边的紫匣子里，等你旅行回来，亲手交到你的手心。

多年后，我们都长大了。亲爱的少年，我们都忘记了誓言，紫匣子它消失在了去年的一阵风里，很多的故事也随风而去了。就像我们，无论怎么迷恋小时光，都要学着一个人去成长。

你知道吗？曾经的那个厌世的臭小子，不知道从什么时候起，开始爱慕虚荣了。一份淡雅安定的心情，或许从离开乡村的那天起，渐渐被城市侵蚀了吧！直到有一天，我们都再也消受不起灯红酒绿，回到乡下，挣脱外壳，重新蜕变，你还能重新陪我再做一个听风的乡村少年吗？

那些年，我们一起放风筝的少年

一

还记得，多年前的夏天，我们是一群放风筝的少年，奔跑在长长的原野尽头，风不断从耳边吹过，一根长长的丝线缠绕在手指上。无数只纸糊的风筝在天上飞翔，遇见大风便降落了下来。突然有人提议比试看谁的风筝飞得更高，于是，所有的少年站在同一起跑线上向前奔去，而我却是那个年代唯一没有风筝的少年，只好跟在别人的屁股后面奔跑。等到有一天，我也会糊纸风筝的时候，只有弟弟一个人跟着我的屁股向前奔跑，而那些曾经的少年，他们都不再放风筝了。

二

慢慢地，我在时光的流逝中长大了，不再会偷偷地抽邻居家扫把上的竹子了，不再会为一架纸风筝所需用的纸张烦忧了。我却很怀念那个放风筝的年代。起风的日子，风筝高高飞起，梦想与童年都在无限的天空中飞翔。如今，却只能一个人站在东北的天空下，仰望朗朗星空。在等待，等待阴霾的天空中有翅膀的痕迹，等待有那么一个夜晚，亲爱的少年，你能不顾风雨兼程赶来，陪我再放一场纸风筝。

三

我很长一段时间陷入无限的恐慌之中，我怕我永远都是一个人。我渴望成长，却又害怕慢慢变老。我是一个害怕岁月的人，我怕失去年少轻狂的激情，我不愿做一个羡慕少年的老人。我却无法改变，我正在一步步走向衰老的现实。

每当心很烦的时候，我都会一个人坐在一棵榕树下，且听风吟。我可以不受任何约束，高声歌唱，朗诵美丽的诗歌，不在乎别人叫我疯子。这是我的世界，安静而诗意。如果太痛，我也不用担心身边会有人看见，眼泪像雨滴，可以随意流淌。

我是一个怀旧的人，尤其是在不开心的时候，我总是会向往从前的日子，却总是忘记了从前的愿望，长大后沿着一根铁轨去流浪。就像歌里唱的那样："越长大越孤单，越长大越不安，也不得不看梦想的翅膀被折断，也不得不收回曾经的话问自己，你纯真的眼睛哪去了。"原来成长免不了遍体鳞伤。世界反复惩罚我们的天真，我们还要学着欺骗自己故作坚强。一个人的时候，放声痛哭。

四

有时候，我很佩服三年前的那个自己。暗恋一个女孩可以暗恋一年，写一封情书可以写很多天。晦涩，疼痛，欢喜，眠空。世间所有的神秘色彩都发生在那个多雨的季节。

痴恋三毛的撒哈拉沙漠，张爱玲华美的袍。我曾以为这两个美丽的女子是世界上最幸福的女子。鲜花为她们开放，世间所有的美男子都为之倾倒。后来读了更多关于她们的书，才明白每个写文字的人都是有故事的。他们拥有常人不能承受的孤独与寂寞。三毛在爱情上处处受挫，第一任丈夫在结婚前夕突发心脏病离去，后来遇到荷西，好景不长，荷西又离去。在生命最后的瞬间，四十八岁的她不堪忍受病痛，在卫生间里以肉色丝袜绕颈结束了自己年轻的一生。张爱玲在她最美丽的年华里不计较胡兰成已婚，宁可被人骂汉奸，也要跟胡兰成在一起。"因为相知，所以懂得。"到最后的"我将只是萎谢了"。七十五岁的她孤独地在异国他乡的公寓里凋零了。这是两个多么惊艳的女子，又是多么令人怜惜啊！有时候，我在想，如果我是荷西，我要学会保重生命，我是胡兰成，我要懂得珍惜。可惜，我谁都不是，我只是一个喜欢放风筝的少年。

　　每天都活在自己的幻想中，渴望我生命中也有一个才华横溢惊艳冷绝的女子，总以为自己可以填补世界的空白。因为过于年轻，很多美丽的故事便成了次第老去的风景。

五

　　青春是一座荒芜的城池。十八岁的我们曾经坐在高中的教室里反复诉说。然而豆蔻年华的我，总是一个人坐在教室的最后面朗诵着席慕蓉的诗句。

假如爱情可以理解，誓言可以修改
假如你我的相遇，可以重新安排
那么，生活就会比较容易
假如，有一天
我终于能忘记
然而，这不死随便传说的故事
也不是明天才要上演的戏剧
我无法找出原稿然后将你一笔抹去

　　十八岁的我以为海是蓝色的，爱情也是蓝色的，蓝得透明而干净。

　　你说等到我们高考结束了，一起去渤海湾看大海。在天亮未亮之前，一起去海边，听海哭的声音。在海边，一定能遇到自己的灰姑娘。

　　如今，海不再是想象中那么蓝了。亲爱的少年，长大后的你有没有去海边，有没有拍张老照片？

六

我们的理想永远都是那么遥不可及的，生活也告诉了我们，那是童话里才有的。生命总会有残缺，让我们永远都在奢望，抑或回忆年少时的无知，可是等到我们终于长大了，我们每一个人都欠青春一个天真的想法。

七

暖暖的夏风中，白色的羽毛盛开了一季的花。

因为远方，我学会了流浪。

某天打开空间，突然发现有人叫我的小名，问我过得还好吗。我很长一段时间没有这么兴奋过了，我顺着他的痕迹点进去，原来，青春的记忆是如此美好。我亲爱的少年，我们都多少年没有见过面了，在网络中你只是多说了一句简单的话，仿佛又给了我一段少年时光。

我问你那些年，我们的少年都去了哪里？

你说每个人都有各自的生活，待到大家都有时间机会的时候就可以继续在一起玩了。

我很想问你，不知道还有没有人回去跟我一起放风筝呢。话到嘴角边又咽了下去。

八

多年后，你若有时间，我能赶回来。亲爱的少年，记得，我们一定要去海边，不为看日落，不为灰姑娘，只为小时光。如果你没有纸风筝，请带上翅膀，让我们像从前那样，一起飞翔，你说我们是不是很幸福呢？

孤独，是我们必经的旅途

一

当我们的内心不断地被现实挫伤，就会学着成长为一只刺猬，全身长满了刺，拒绝亲近，拒绝世界。本以为这样就可以躲过猎枪，谁知不明不白被一颗子弹从背后结束了一生。

二

我们所处的世界，美丽而孤独。夜色繁华下的霓虹闪烁，从来不拒绝诱惑的脚步，把我们一次次引向喧嚣，害怕寂寞的我们只能仰望城市上空的星空。

三

青春，永远是一个矛盾体。

第四辑 那时·后来·如今

四

　　小时候，我长在农村。我没有见过飞机，每次看到飞机云，都会仰望天空很久，轰隆隆的声音从天际穿过，整个乡村都在一种空旷中流动。我幻想有一天自己也能长一双翅膀，可以像飞机一样飞翔，让全村老人小孩都因为我的飞过，丢下手里的镰刀，放下妈妈的乳头，几百双沧桑抑或明净的眼睛望着我柔软的身子在空中滑翔。慢慢地，我从这种幻想中长大了。

五

　　孤独，是我必经的旅途。

六

　　三年前，我离开故土，只身一人来到了遥远的东北边陲小城。我走的那天，是弟弟来送我的。他从人群中挤出头来扔给我五十元钱。他说，哥哥，路上多准备点钱。当我回过头来的时候，他已经跑远，我甚至没有机会拒绝。汽车已经缓缓开起，一层玻璃让我和他从此分离。我总觉得那是我人生中最美丽的风景，甚至没有一处风景能胜过善良年少的他。三年后，我在雪落之乡没有勇气对他说，谢谢。

七

不久前，弟弟说，哥哥，我很矛盾，学不进去。我不再会像从前那样开口就像质问犯人一样地跟他说话了。我问他为什么学不进去，是不是有喜欢的人。一开始他不承认，只是一味地说梦想渺茫，自己周边的环境好孤独。后来，他拗不过我的推理，承认了自己的喜欢。我说，如果你喜欢某个女子，请一定要告诉她，即使不能走在一起。年轻的时候喜欢一个人是你成长必经的旅途。或者忘记她，告诉自己，那一切对于你来说太奢侈，要想获得尊重，就努力实现自己的梦想。不要害怕孤独，孤独在所难免。忍受孤独，我们才能安静地思考。再后来，我看到他手机挂着 QQ，但我没有打扰他，我想他也应该获得独处，他是一个不喜欢上网的人，他以为也可以像我一样，用文字去缓解那些残留在心灵深处的疼痛。点开空间，我看到他写了一篇日志，字里行间无不阐述着他的苦恼。虽然写得很乱，但是可以看出周围的环境已经不足以缓解他的苦闷，他也需要文字解毒。因为不喝酒，所以注定这是我们共同的宿命。

八

小时候，弟弟害怕孤独。从来都不敢一个人待在家里。我和他每次回家的时候，看到一只只萤火虫在空中飞过，他都会对我说，哥哥，抓住它。路边的蝈蝈不停地唱着，风吹起路边的叶子，也把弟弟的童声卷入了时光的碎片中。

九

　　那时候，我像父亲的尾巴，无论他走到哪里，这根尾巴都会相随。父亲每天晚饭过后都会去邻居家烤火，大家围着一个正方形的火炉，靠墙的那一面往往放着一个小抽屉，里面装满了碗筷和茶罐子。

　　我像一只小熊躺在父亲的怀抱里听大人们聊天，有时候手会不停地用火钳夹灰烬里的小柴火。火焰熄灭，父亲便会对我说，回家吧！

十

　　渐渐长大后，我跟外公一起过。那是一个很偏僻的乡村，山清水秀，土地肥沃。外公家门外边就有一大片小树林，还有一条水沟，每天晚上睡觉前，都能听见细水潺潺流下去的声音。

　　村里有不到二十户人家，同龄孩子也很少。对于一个陌生的外来孩子，他们本质上拒绝。我便一个人翻箱倒柜看外公家的古董。外公家最多的要数书籍，两个舅舅每年都会带回来很多很多的书。虽然那时候我很小，但还是能辨别出一些字。从看上面的画到阅读，童年大把大把的光阴就被我托付给了书，也让我爱上了宁静和幻想。

十一

　　雪落北国，是我长大后看到的最孤独与唯美的风景。

　　总以为在北国的雪地里可以遇到一个懂你的美丽的女子。每当雪落漫天的时候，她会陪你一起去聆听雪落的声音。可是我等了这么多年，除了擦肩而过，其余的就是老死不相往来。

十二

三年后的今天，我将要离开这座伤心的城市。孤独，也会伴随我而走。它从来都不属于别人，它是我的影子。有时候，我也害怕现实，我不想离开学校，我想撕裂世界的膜，看一下世界之外的世界。手触摸到了膜的时候，它又习惯性地收缩了回来。

十三

突然间东北又下雪了。我却比任何一年表现得安静。我告诉沐子，我想把最后的一点大学时光交给图书馆。

她是全世界最美丽的女子。她生来孤独，内心柔软的她，因为故事，拒绝世界上一切的声音。我是想带她离开那个世界的人。我们生来都孤独，冬天到了，除了故事，我们还有善良。

亲爱的少年，我们都已经长大了。我们要勇敢地战胜懦弱的自己，放下一切，学会释怀。人生不是短跑，是马拉松，不到最后一刻，我们都是有可能改变结局的人。潘云贵说，孤独也是有气味的。当你在孤独的时候，请捧起一本书，或者再想起我。闭上眼睛，闻闻孤独的气味，它干净而芳香，温暖而伤感。

第五辑

青春是一颗忧伤的子弹

美丽世界的孤儿

晓东走的时候，我表现得比任何一次都坚强。直到走远后，我才感知，内心的脆弱抵不住感情的汹涌。我穿过一条又一条的马路，在红灯处终于停了下来。偌大的城市上空，电线十字相交，织成了一张张薄薄的网。时间还多半停留在梦醒时分，所以路上的行人很少，车辆也不多。世界仿佛是透明的，昔日的喧嚣荡然无存。我想徒步而去，好久都没有见过街道如此有序而安静了。我不知道，当初我是怀着怎样的心情，迷恋在一辆卡车的戛然而止中倒下，留给世界一道忧伤的背影的。可是现在，我怕，我已经爱上了这个美丽而孤独的世界了。

三年前，我扒上了一列绿皮火车，一路向东。

三年中，我在雪落的故乡，成为一名倾听者。雪落如莲花般凋零，静静地让我听见，时间如流水；从我心灵深处蔓延，安静而疼痛。每到夜里醒来，我都会做同样一个梦，我想一路向西，回到原点，回到最初的地方。

三年前的西安是一座云雾遮蔽的城市，永远都躺在世界的一角，安静地睡着。

我们是少年，相遇在虚拟的世界，不顾千山万水，风雨兼程赶来，并以文字的名义相知安暖。我们穿过长安街道，来到世界的另一角。烟雨像断线的珍珠，落到少年的脸颊，两双干净而单纯的眼皮，仰望着长安街道的点点滴滴。他十八岁，我二十岁。他勉强地叫我哥。他说他要带我去远方，看长安庞大的城市上空，那些长翅膀的风筝。我们一起坐在广场下边的藤椅上，仰望朗朗天空，却没有一个人勇敢地说我们要做长翅膀的少年，我们要从这一刻起学着去成长。直到我坐上了列车，他才醒过神来，时间让人懂得了珍惜。我走了，透过薄薄的玻璃窗，向他挥手。

他叫尚子义。

我不知道，当初他是怀着一种怎样的心情送我的。我想他不会比我怀旧。

我是一个怀旧的人，他比我活得潇洒，却一点儿都不快乐。

我的列车曾经穿过太原，我却没有勇气让它停下来。

三年后，我却要在东北，目送一列一路向西的列车。或许这个世界，有太多的人不会停下来，这里只是一个暂时的栖息处，漂泊才是人的本性。至少，远方有太多迷人的风景，值得每一个人去拥有。

晓东说，跟我走吧！我笑了又笑。

我何尝不想离开这里，看多了雪落，心也会累。我也需要时间恢复和愈合。

你一定要来太原哦。晓东走的时候，再一次重复道。我说我会去太原，然后去延安。我知道，未来它永远是一个未知数，谁也不能提前求出它的数值。我却要勇敢地说出，我知道我要付出代价，我们没有奶酪，牛奶，我们只能沿街去买火柴，然后轻轻地在这个寒冷而漆黑的夜里擦亮，触摸到这个世界的薄薄的膜。大家一起猜火车，猜猜哪节列车厢里有自己的故事，哪节车厢里有自己等待的人。

好多次夜里，我从梦中醒来，都会看到子义的QQ还闪烁着，窗子外边的街道上，路灯还亮着，光线柔和地照在我的脸上，我知道，这个夜里还有一个人没有睡着，或者他已经习惯了每到夜里让QQ闪烁着。他害怕天黑，他害怕天黑了一切都是新的模样。我问他怎么还不睡，他总是反问我，这不你也没睡吗？是啊，我们都是夜里容易失眠的人。

有时候，我会一觉睡到中午，全身发冷汗，总以为跟世界脱节了。醒来后发现，又是新的一天，我又接近死亡一步。我并不是一个悲观的人。我害怕皱纹层层叠叠，怕有一天我也成了老人，羡慕别人的青春时光。

他说哥，我想你。我说我也是。

他是一个多么令人伤心的孩子啊。在某一座城市，微笑着面对世界，却在夜里失眠，遭遇病魔带给他的疼痛。

十九岁，他说哥我要来看你，去遥远的东北。

二十岁，他没有来。

二十一岁，晓东说，我要看你。

二十二岁，他来了，我送他。

因为文字，我们在人间结识了一段缘。这是世界上多么微妙而幸福的事情啊！没有酒杯厚厚的嘴唇，没有烟草低迷的味道。青春，就像一个开在岁月里的梦，若隐若现，惊艳绝伦。

晓东一点儿都不像子义。虽然他们的身体都像一朵不重开的花朵，风一吹，便摇摇欲坠。

晓东喜欢诗歌，他认为诗歌就是他的全部。现实让他明白了，诗歌只是他的一部分，他还要为明天的面包奋斗。纵然与他在一起的日子是美好而欢愉的，他总是对我说，你要把我吊起来养啊？你看我的裤腰带都松了很多。我说那明天我给你点很多肉菜，让你的裤腰带紧张起来。他笑了，酒杯里的酒还没有喝完。

八月的空气里充斥着薄荷的味道，少年把最后的一颗口香糖放进了嘴里。

列车穿过城市的胸膛，巨大的轰鸣声，刺激着每一个分别的人的神经。我站在天桥上，眼睁睁看着它离开，我很想爬下去阻止它的阴谋，我甚至可以触摸到它的肌肤，就像三年前，我却无能为力让它停下来。我甚至听见了眼泪划过玻璃窗时，它掉下去破碎的声音。

我很想知道，待到冬天来临之时，雪落北国，亲爱的少年，你是否不顾千山万水，荆棘丛生，站在远方，猜我乘坐了哪辆列车，驶向你所在的城市？

无意中听到一首叫《美丽世界的孤儿》的歌曲，从城市的街道口响起。汪峰用他用嘶哑的声音高声唱着："你听窗外的夜莺路上欢笑的人群，这多像我们的梦哦！别哭，亲爱的人，我们要坚强，我们要微笑，无论我们怎样，我们永远是这美丽世界的孤儿。"

亲爱的少年，我们也是美丽世界的孤儿。二十多岁的我们，放下一切，勇敢飞翔吧。在某个寒冷而孤独的世界一角，我们一定要兑现年少时的承诺，我们要肩靠着肩坐在一起，划着一根根火柴，温暖每一个冬天。

那些年，我们一起追风的少年

夏至未至

　　前几天上网的时候，突然有一个素不相识的女孩对我说，秋天到了，你又成长了。这让我一时间难以接受，我不能接受的是时间流逝的速度太快，我一时半会儿会跟不上世界的脚步。有些东西还未来得及索取，有些话还憋在心里迟迟不肯说出，夏天就过去了。

　　秋天是一个诗意的季节。大片大片的落叶从高高的树上掉落下来，一阵风吹过，落叶又被卷起，抛向更远的地方。比起夏天，我更爱秋天。夏天太炎热，光线过强。今年的夏天，我却很迷恋，这个夏天与任何一个夏天无关。这是一段被时间概念单独划分出来的回忆，像薄薄的雾，朦胧而深刻。

　　假期，我放弃了一路向北，租了一间格局简单，光线还不错的房间，一个人安安静静地看书写作。很幸运的是我遇到了两个性格很随和的室友，白天他们去一个烧烤摊位上打工，很晚的时候才回来，每天都重复着同样的工作，过着节奏跟工作相符合的生活。我晚上回来跟他们一起看会儿电视，聊聊他们今天发生的惊奇的事情，玩会儿手机昏昏沉沉睡去。

　　偶尔我会发张照片传到空间、微博上与人分享。简单而单调的生活，并未让我有任何怨言。每一个人都在为生活奔波，只有我租了个房子睡觉吃饭上网，很长一段时间，我都生活在自责当中。我也曾试着去找一份工作，因为报酬太低微，我放弃了。我只有不停地写作，认真看书，才能让自己在良心上得到一丝慰藉。每当自己睡的时间过多了，我就会反问自己，你对得起今天吃的饭吗？父母经常打来电话问我怎么过着，我只有编谎言搪塞，因为父母都是农民工，站在北疆高高的楼层上，透支着所剩无几的生命。我不想让他们在如此惨淡的世界因过于寒冷而哭泣，我学着珍惜每一刻时光，尽量把每一分钱的数值最大化，靠稿费和弟弟的支援，支撑着自己的房费和生活。

　　后来，我因为一个活动去了一趟哈尔滨。在我的印象里，哈尔滨的空

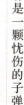

气很清爽，云朵很轻，天空很蓝。事实如此。哈尔滨是一个豁达的城市，有着东方俄罗斯的美誉。我见到了很多未曾谋面的朋友，为嘛因为相同的理想聚在了一起。离开哈尔滨的那天，在我面前，他们向不同的方向离去。我有种想哭的感觉，转过身，眼角湿润。

后来晓东跟我和刘雨馨来到了鸡西。晓东是我相识多年的兄弟，我们之间似乎先天就遵守了契约精神。三年后，他终于来到了我的大学。五天后，晓东离开了。在我面前，只有一个方向，一路向东。晓东说，记得十月份来太原参加我的讲座，我说一定。二十多岁的人突然间像孩子，说得那么坚决。

十天后，我被告知房租到期。我将真正成为一个流离失所的人。我并没有为这感到恐慌抑或害怕，我比往常表现得更为镇定冷静。我在群里说，明天我就要沿着街道去流浪了。后来，刘雨馨的妈妈打来电话，让我去她家住。这让我感到很惊讶，我没有想到的是她把我的一句玩笑话当真告诉了她妈妈。我承认刘雨馨的妈妈非常热情，我没有想到的是当初跟我一起去哈尔滨玩的小女孩，突然这么懂事。我感叹于世间的缘分与真挚，我更感叹于时间与经历会过早地让人成熟。就像晓东走的时候说的那样，刘雨馨长大了。

我没有理由拒绝一个小女孩的善良，并且还有一份安定与宁静吸引着我。

在火车站里，空气异常的热。我看到了地上睡着的人。四面大包小包围得没有了缝隙，他们脱去了上衣躺着。我并未认为这是城市文明的污垢，我想试着拍一张照片发在网上，告诉每一个安逸地活着的人，这个世界依然存在着饥饿、贫穷、疾病。我却不忍心吵醒他们的梦，更不想让他们的肖像权遭到侵犯。每一个生命的存在，无论卑贱都应当首先获得尊重。我也试着脱去了衬衣，光着膀子。我不用在这里注重仪表，这里会让我觉得活得踏实。当我坐上列车的时候，我在想，如果我一无所有，我会不会流落街头。至少，我现在的想法是多余的，比起太多不幸的人，我是很幸福的。

一辆比蜗牛还慢的绿皮火车上坐着形形色色的人。

我是一个很喜欢火车的人，火车很平稳，不会给我那种颠沛流离的感觉，还有火车上会遇到来自不同地方的人，可以感受他们说话时肌肤的紧缩弧度、口形、表情，以及不同的乡音，不同民族的文化。而坐一次火车，我身上都会有一段故事：让座、热情、礼貌。每下一次车，都会收到陌生人美好的祝福。火车还可以让长期在城市快节奏生活中疲惫的心得到暂时的安静。

每一条河流，每一座山川都会被我记住。

当我下车时已经是晚上了。刘雨馨和她妈妈在火车站出口接我。因为我，他们忙了一天，无微不至的关怀让我在异乡倍感幸福。刘雨馨的爸爸妈妈都是非常率性热情的人，这倒让我少了几许紧张。我很羡慕她有这么疼爱她的父母，晚上一个人的时候，我就会想起我的父母，我就想哭。

我已经准备好了，将这里剩下的时光用来温存整个夏天，然后勇敢接受秋天，走向秋天。待到冬雪来临的时候，一路向北。回到家乡，跟父母一起分享关于夏天的故事。

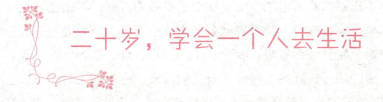

二十岁，学会一个人去生活

一个二十多岁的人上了大学还不知道自己要的是什么，这是很悲哀的。

忘了这句话是谁说的。一直都把这句话谨记于心间。我常常告诉自己，不要再孩子气了，你已经长大了，你该学着一个人去生活了。你的父母已老，再也扛不起一把生活的锄头了。你身上从现在起就有了责任，未来你要结婚生子，你是个男人，就要努力让你的女人过得幸福，孩子要健健康康成长，让老人有一个温暖的晚年。你还要做一个对社会有所担当的人，回报社会曾经给予你的帮助。这就是一个人人生价值观的体现，只有这样去做，才能活出生命的意义。

自从上了大学以后，我开始试着去脱离父母的资助，去校园各大广告栏里查看关于招钟点工的信息，然后把所有关于招钟点工的信息抄写下来，回到宿舍和室友们研究。好多次我都充满信心地来到了饭馆门口，可是始终没有勇气敲开门。直到有一天实在没有生活费了，就抱着赴死战场的决心来到了招钟点工的地方。老板问我会不会扫地，擦桌子。我心里暗自欢喜，原来钟点工这么轻松啊！我说我什么活都可以干。老板说一天管两顿饭，课余时间过来帮忙，一个月三百元钱。我思考都没有思考就说好啊！

可是后来失败了，我记得我只干了三天。每次给客人端饭的时候，我的脸上总是很红，感觉很丢人，而且最害怕看见认识的人。

有一次，老板让我拖地。那天晚饭吃的是剩菜，喝的是剩汤。我本身就一肚子怨气，她还挑三拣四，让我用手洗拖把。我当时感觉尊严受到了无可饶恕的伤害，我说我不干了，工资不要了，送给你买一把新拖把。老板说你连这一点活都害怕，你配当大学生吗？还好意思要工钱。我说大学生难道非得要作践自己才配吗？我把拖把往人家的桌子上一扔就走了。

我常责怪自己，为什么别人行，你就不行呢？你缺胳膊还是少腿？我看你吃饭的时候不比刘翔跑得慢吧！家里往卡上打钱的时候，不怕被狂风吹到俄罗斯去都要去银行查看。我也曾试着努力改变现状，努力去当一名优秀的作者。因为学校里条件有限，我便买了一台小台灯，等到所有人都睡觉了，夜幕缓缓降临，我就兴奋地去写自己的故事，也写别人的故事，看看别人的故事里有没有自己演绎的角色。我经常做梦，梦见码字的声音，梦见眼泪落到键盘上的声音，醒来后，才发现又是新的一天。我本以为只要自己努力，就可以用稿费养活自己。后来，我又失败了。但是我从来都不会去责怪生活的不公，因为生存的权利往往没有在别人的手里掌舵，是牢牢握在自己手里的。

今年的冬天，我终于狠心地做出了决定，去南方电子厂打工，摘掉学生的帽子，把自己像放鸡蛋一样轻轻地放入打工的洪流中。

像最初一个人离开家来东北上学一样，一个人又要坐上火车去远方。前方一片茫然，回家的路又太遥远。那时，北国正飘着很大的雪，风不停地吹起铁轨上停留的一片叶子。望着窗外，万家灯火亮起，火车头不停地靠向南方，那些唯美的风景，向后远去。

火车最终还是停了下来，把我们拉向另一个陌生的港湾。

每天面临着个十几个小时的工作，整整两个月，几乎没有休息日。别人在过年的时候，我正在无尘间里焦急地穿换无尘衣，每天过着单调而简单的生活。

早上七点多就要起床，晚上十二点才下班，洗洗涮涮休息时间就不足六小时了。每天早上我和老杨起得最迟。规定七点五十分就要进无尘间，否则记一个大过，一个大过你一周的加班就抵消了。我和老杨经常七点四十左右起床，因为每天晚上我俩还要看会儿空间。还有十分钟的时间，我们要做很多事情，也出现了很多"一分钟之内"，如穿衣服控制在一分钟内，洗脸刷牙上厕所一分钟之内，换衣服进厂房一分钟之内。老杨还经常不刷牙洗脸。我是边提裤子边刷牙，顺便上厕所，厕所上完后，洗脸刷牙都完成了。这样就可以在七点四十五从四楼疯狂冲向一楼，我经常是一步跨越四个台阶，然后去一楼的食堂打卡，买饭，自己盛豆浆，吃一个面包，我一般五秒钟就吃光了，因为我们经常拿着秒表计算时间，我和老杨吃早餐最多需要两分钟，但更多的时候一分钟之内就吃完了。然后进入另一个楼里，脱鞋打卡，进去继续换鞋，爬上四楼，继续换鞋，换衣服。所以我们在这个过程的每一分钟都非常的快速，以至于后来我换一身衣服的速度达到了十秒之内。

我和老杨也是最能吃的人，经常吃一碗米饭，一盘菜，还要外加几个馒头，虽然南方的馒头像窝窝头，但是加起来的确很多了。有时候，我们会穿上无尘服照相发微博，有时候我们会看着没有一片肉的盘子发呆很久。

加上监狱式的管理，让我甚至忘记了自己是哪里人，来到这里干什么。好多次，我问朋友，现在是哪一年哪一月了，我都一个多月没有见过阳光了，也不知道太阳是什么样的。他们都笑着对我说，现在是二〇一三年了，孩子，春天了，你去晒晒被子吧。

好多次我都想辞职，习惯了学校里的那种无拘无束，突然间感觉自己是一只小鸟，被无情地关进了一只笼子。似乎那里任何一个人都可以把你当丫鬟使唤，甚至感觉自己读了多年的书都白读了一样。凭什么他们可以使唤我？知识没有我多，学历没有我高。世界上没有那么多为什么，不管你曾经多么辉煌，现在你终归寄人篱下，所以你要忘记过去，从零做起，既然有人使唤你，那证明别人某一方面还是比你强。凭着自己的坚韧，我终于坚持了下来。

我走的那天，那些曾经我认为很可恶的人都对我送上了祝福，还有一个大妈，在工厂里经常帮我忙，她的婚姻不太完美，我经常给她讲故事，讲笑话，她很喜欢我给她讲的笑话，她说我很搞笑，每天听我讲话就感觉时间过得不再那么漫长。她说我走了，她会很不习惯的，就再也没有人给她讲笑话了。对她，我现在倒有些想念。

我走的那天，阳光很明媚，我对着天空大声喊，我结束了，我出监狱了。一双鞋，三个月没有见过水，两床被子，两个月没有见过阳光，一双袜子，一个月没有脱换过。我们创造了很多的记录，都在我们离开的那天，相互指着取笑，但每一个人都感觉离开时好幸福，也有些许怀念。

前几天，老杨给我发来短信说：你说人贱不贱，在家里床上吃饱了反而失眠，到人家的工厂里，只要刚进无尘房，倒头就睡，而且那十分钟时间感觉像睡了许多年。

我说或许吧！但是我们每个人确确实实都变了，都懂得了怎么去生活，这就是我们宝贵的财富，既然社会让人学会了成长。所以当我们二十多岁的时候，就不应该再选择安逸、不劳而获，要学着一个人去生活了。

如今，我终于有勇气地对父母说：爸爸，妈妈，我长大了，不要你们管学费了，你们把钱省下给自己购置一件像样的衣服吧！

想到这里，感觉身上轻松了很多。

火车是一道迷恋的风景

柏林说："哥们，跟我一起去旅行吧！我带你去很多地方，吃很多好吃的东西。"

柏林是一个忧伤的孩子，我总觉得她有点像彼得·潘。每当你读了她最近发在空间的日志，你就会觉得她是一个喜欢追求时尚、美丽、诗意、幸福的女孩。她一直都在隐身。等到夜幕降临，人们都睡去的时候，你就会看到她的动态。有时候很想对她说，你是一只特立独行的猫。她的每条说说都写得那么诗意，却又能让人从中读出残余在她骨子里的疼痛。有时候，我会对她说："柏林，你是一个让人怜惜的女子。"她总是会不以为然地说："人家都是怜香惜玉，我可没人看得上哦。"听上去她是一个多么悲观的女孩啊，可是真正的她却有男孩子一样的自信坚强。她说她要写更多的稿子，做一个美丽优雅的女子，数大把大把的稿费，就可以买她最喜欢的裙子、一个人去旅行了。

前几天，她打来电话，她说她很忧伤，她给他那么多次机会，他却不懂得珍惜。她一个人在操场上，那时正在下雨。听上去，她的语气永远都是那么乐观，但是我却能感受到一个性情中人的忧伤。她所说的他也是一个文艺小青年，我能感受得到，正因为他能写点骗小女生的文章，柏林才会那么喜欢他。柏林说，她喜欢有才华的男孩，她不想自己的追求像别人一样俗气。我是一个比较懂女子的男孩，所以也懂在适当的时候安慰她。她答应我从心里放下一切本不该属于她的东西了。但是她很想去旅行，像三毛一样，去西藏、云南丽江、美丽的撒哈拉大沙漠。她很久以前就曾给我说过，等到她有大把大把的钱的时候，她就会拉一个旅行包，没心没肺地去旅行。那时候，我对她说，柏林，等我以后也有钱了，我陪你去旅行。

后来，我给她打电话，她气喘喘地对我说："李希望，我给你说，我现在正在赶火车，我要去旅行了。"我能听到从她手机里传来远方火车磨

过铁轨的声音，那声音安静地穿入我的耳蜗。一个说了多年要去旅行的女子，她终于实现了这个藏在她心灵深处多年的心愿，她肯定有一种如释重负的感觉吧。那时，城市上空的电线相互交织着，飞鸟停留在电线上，庞大的落日缓缓从山头落下去，仅有一点点余晖残留在铁轨与站台最近的地方。她正拉着一个大大的旅行包，沿着长长的火车一节一节地跑去。我安慰她说，快点上车吧，上了车再说。天很晚的时候，她发来一条短信："李希望，你够哥们义气，等我旅行回来的时候，一定跟你好好畅谈。"

再后来，我也买了一张去远方一座陌生城市的火车票。在缓慢的绿皮火车上，找到一个临窗的位子上坐了下来。欣赏黄昏缓缓降临时的壮观，看远方那些村落，夜晚的灯塔光线微弱地照着长长的铁轨。许多复杂的心绪突然间像夜晚一样平静了下来，我知道，远方有我等待的人，她有一双美丽的眼睛，在远方急切而神秘地等待着我。

此时，我又想起了柏林，这个让人心疼的女子。我想此刻，也许她也在火车上，像我一样正在看着窗外的夜色。我登上 QQ，打开空间，看到她沿途拍的照片正一张一张地传到了空间，还有她发了一条说说，她说她参加了很多有意义的活动。其中有一张，她正在跟路人一起在路边围绕着一圈摆成"心"形的蜡烛做着很虔诚的样子。我知道她正在跟路人为"雅安"祈福。此刻，我发现柏林是一个多么幸福的女子，年轻的时候，可以做很多自己想做的事情，敢爱敢恨。而我又是一个多么可怜的人。还好，那时我们都在火车上，并且明白，火车正在拉着我们去看得最远的地方旅行。

坐在我旁边的是一位看上去只有三十岁出头的男人，他却说他已经是一个四岁孩子的父亲，都三十好几了。他给我讲关于他的故事，他说他最大的遗憾是没有上大学，如果上天给他一次机会，他希望自己可以去大学感受一下时光，他说时光也是有气味的。突然间我觉得自己上了大学是一件多么美好的事情。

他是一个在煤矿区打杂的民工，却又是一个非常爱学习的人。他说他每时每刻都会学习，现在，他正在学习英语，为了一个相同的字母在不同的词语中读法不同，他整整纠结了一个月。他打了很多人的电话询问原因，但是没有人知道。如今他听说我要过英语四级，很激动地把电脑打开，让我教他。我看到他电脑上那些笨拙的音标和简单的词语，仿佛又回到那年，第一次我上英语课的情景。

　　最后我告诉他，以后不会的问题也可以上百度，我还给他做了一次示范。他有一种如获释然的感觉，摸着自己并不多的头发感慨，原来把我困惑了一个多月的问题，百度一下啥都有啊！我突然间，为他认真的孜孜不倦的学习精神所折服。也让我明白了，无论你在什么样的环境下，都不要被环境影响，只有不断地去学习，才会赢得社会的尊重，才会实现自己的梦想。也许现在的他还是一个普普通通的煤矿工人，但是我有一万个理由相信，他不会永远当一名煤矿工人，在不久的将来，他一定会得到重用，实现自己的生命价值。

　　火车最终抵达了他准备去的城市，而我还要继续前行。在这里，他跟我很有礼貌地告别了。我给琳儿发短信，讲了我在火车上发生的故事，我说我要写一篇文章，关于火车无关爱情的文章。琳儿说："那不是很好吗？"琳儿总是喜欢说这句话，有时候还会在说一句话之前加一句"你知道吗？"然后继续说她将要说的话，我会故意逗她说"不知道啊！"她气得撅起个小嘴表示再说就生气了。

　　琳儿是上帝的宠儿，又是被人们遗忘的弃儿。在某一座城市街口，做着独来独往的自己。她喜欢闯红灯，她说那很刺激。我总是很担心她，每次我的眼前总是浮现出她在车流中不顾一切跑过去的情景，我害怕她会突然被车撞倒。我走的时候，要她亲口答应我，过马路的时候不许再慌慌张张。

　　当黎明到来的时候，我终于到达了我所要去的都市。茫茫人海中，我一眼就找到了玲儿，一个柔弱的很有个性的女子。她带我逛街，逛超市，去她曾经的学校。天黑的时候，她带我去最热闹的街区，坐在城市的街口，听流浪歌手唱歌。她问我会不会弹吉他，我说偶尔会一点点。她说她最大的梦想是画画，可是上天却阴差阳错让她报考了她并不喜欢的旅游专业。她现在想赚钱，然后去想去的地方旅行，如果有机会她还会去学画画。我想起了柏林，那年她说，等到攒够大把大把的钱的时候就一个人去旅行。

　　两天后，我们在车站依依惜别。她给我拍了很多照片，我也给她拍了很多。她说我拍的照片很好看，让我把底片随后传给她，她想把它们全部写出来用来纪念。我们坐在青石板上，远方，是无限空旷的日落。她给我掏耳朵、剪指甲、剥栗子吃。我和她，两个二十多岁的人，感觉像回到十七岁的青春，带着青涩懵懂的一条鱼尾纹。

火车最终以相反的方向开去，将要把我再次送回时光的熔炉。我又想起了柏林，一个那么热爱旅行的女子，也许此刻的她不再会忧伤了，她已经习惯了那种可以让自己忘掉忧伤的生活了。

现在的我，坐在电脑面前，窗外的世界，那么多灯火也照不明。

柏林说，火车把她拉回了河南老家，旅行很好，让她知道了那座城市和她有缘。

我也把她讲给琳儿听，我觉得她们两个都是坚强的女子。一个喜欢在城市的街头穿梭，一个喜欢坐着火车去流浪。而我，一个带着浮躁心情的男孩，总是在这座北方边陲城市，写着一些无关风雪的文字，偶尔也会想一个人的文字江湖有多孤单。

往昔与如今总有那么点微妙的差别。现在的我喜欢上了火车，它像一只带着臃肿身子的蜗牛，慢慢带我去旅行。我更怀念火车上看到的每一处风景，和那年夏天我们相互说要一起去旅行的人。

你未曾触摸的世界

　　上大学的时候我天天抱怨寝室太挤，电压太低带不起吹风机。从大一开始我就想搬出去住，还有一个原因就是写作的需要。可是等到快毕业的时候我还没有出去住。后来，我找了一份很不错的工作，在当地一家报社当实习生。

　　刚到报社的时候，看着一排排座位，觉得好神奇，每个位置都由木板隔开，谁也打扰不到谁。我在想，这里也会有一个位置是属于我的，我终于可以找到属于一个人的安静了。时间久了，我便觉得很枯燥，又开始抱怨报社过于安静，没有一点活跃的气氛。

　　有一天早上，我一如既往地去了报社，师姐说，顾彼曦，我要下去做个专题片，你去吗？我立马点头，心想终于可以出去好好透透气了，能不去吗？我便放下了手中的活，跟师姐走了。

　　车把我们带到高速公路上，向离城市越来越远的地方开去。透过窗户，远离城市的地方，画面会越来越清晰。我喜欢这种感觉，在聚焦镜头里，往事与风景向后退却。很快，便到了我们将要去的地方。工作人员给我们介绍了一些情况，要我们帮忙写一个关于资助贫困家庭的报道。我们欣然同意，作为一名编辑记者，能呼吁大家多关注弱势群体，我想这就是一种使命感吧！师姐选择了面对面采访，我坐在旁边一直在听。我主要是想学习师姐的采访技巧，却渐渐被这种主动带进了故事的被动区。听着他们的故事，感觉就像小说，最后的结局都是让本该属于悲剧的故事变成了美好的回忆。师姐坚持要求去几家贫困户采访，她说只有亲临现场有些东西才能表达出来。在这一点上我真的很佩服她，作为一个资深编辑记者，不说空话，不说套话，亲临现场，写最朴实真实的报道，这才是我们每一个从事新闻行业或者即将成为这个行业的人的本质追求。

　　车又把我们载到矿区。远处有无限的原野，矮矮的山峰，云朵好像就

要挂在树梢上了。总以为如此透明的天宇下面，生活着一些幸福的人。事实却让我目瞪口呆。这里全是矮小的平房，矮到伸开手就能摸到天花板。当我们沿着一条小路来到我们所要采访的对象家的时候，我想到了陶渊明。如此简陋的院子，蒿草从院墙上爬了进来，院子中间放着一些捡回来的零散的煤块，还有一摞柴火。剩余的地方就是一条从大门上通到屋里的路，这条路狭窄到只能容得下一双脚的位置。

　　进屋后，我彻底震颤了。屋子小得不能放下一张麻将桌，门口处放着一口水缸和简易的灶台。水缸附近的蜘蛛网粘到了水缸背部，一只蜘蛛看到我的到来，便停止了结网。屋子最里面还有一间狭小的房间，里面有一个火炕和一台黑白电视机，仿佛又让我回到了十几年前。电视前面摆着放一张照片，我猜这或许就是他儿子读高中时候的集体照片吧！照片上每一张面孔都是那么纯净纯真，却没有人看出其中有一个孩子就在这样一个环境里长大了。

　　师姐继续采访这位大叔，而我忍不住去拍照了。我并不是好奇，这些东西会让我有一种未名的亲切感，似乎我很小的时候也曾用过这些东西。最后师姐问到这位大叔的生活、孩子上大学的费用的时候，大叔说自己腰部受伤了，不能干体力活了，孩子上大学的费用都是亲戚朋友三百五百凑在一起的，家里来个人都没有地方住，所以孩子也从未往家里带过客人。说到这里的时候，我再也抵挡不住内心的感情，眼泪瞬间模糊了双眼，我偷偷地转过身去，不想让他看到我脆弱的一面。他看到我们的时候，那种期待的眼神，似乎以为神灵派我们来帮助他了。我们却不能带给他什么，那我又有什么理由让他看到我的脆弱呢？我悄悄拭去眼角的泪，继续回去听他们的对话。我唯有坚强，才能让他变得阳光。

　　后来，我们走了。我请求大叔留步，可是他还是把我们送到了大门外。当车离开的时候，我透过薄薄的玻璃，看到那充满希冀的眼神、矮小敦厚的身影，在一阵风里向我们挥手告别，我不知道我们走后，他晚上会不会做一个好梦。

　　回到住处，那一幅幅画面又开始在我眼前回放，我蒙着被子，忍不住哭了起来。

　　我在想，我们住的地方那么明亮，我们所生活的世界那么幸福，我们有什么资格责怪自己的出生呢？我们比起太多不幸的人，我们是幸福的。

虽然我离开了那片土地，但是我会时刻记住那一副熟悉的面庞。他们都在等着我们去报道，我祝愿大叔一家人的生活能有所改善，自己会踏踏实实地工作，为更多的需要帮助的人说几句安慰话，就当作是对自己的勉励吧！

心灵被洗刷的过程

前一段时间我去当地一家媒体实习，离实习期限还未到，我便选择了自由，把桌子上的杂志送给了师姐们，洒脱离开。对于很多人来说无法理解，包括我自己有时候也会质疑。十年寒窗，只为考一个大学，上了大学后又要面临失业。能找一份好的工作，对于每一个大学生来说都是一件很幸运的事情。可是，我却并不知足，我想要的是一份宁静而不枯燥的工作。没有人知道环境过于安静，身心也会压抑的。这份工作每天除了看看报纸，就是一个人坐在那里上网，坐得久了就去阳台上看看马路上的车辆与窗前的花花草草。空荡荡的工作室里，大家都下去采访了，剩下两三个人各玩各的。我想找个人说话，却发现年龄与兴趣的鸿沟永远都无法逾越。

我离开了工作的地方，整天待在寝室里，上上网，听听歌，看看窗外的月亮，一天天就这样过去了。看着身边的人一个个早出晚归，听他们讲着关于打工的点点滴滴，我庆幸自己毕业后不会为工作烦恼。霓虹闪烁，现实不断地磨损了我的梦。面对未来，展现在我面前的是一片茫然。

最近，我因为构思一篇小说的结局苦恼不堪，很想出去走走。我好久都没有一个人出去散散步了。只是不知道从什么时候起，我已经习惯了与这个世界脱节。正当我起身离开，突然听到室友打电话问发传单的工作，一下子便刺痛了我的神经。后来，我也跟着他们一块去发了。到了之后我才知道是贴广告单子。在乘上公交的那一刻起，我的内心就开始飘忽，公交每到一站，我都有种下去的冲动，但因为一个人，我最终还是坐到了终点站。

贴广告单的大多是学生，好像都是我们学校的，有几个女孩认识我，当她们看到我后露出很惊讶的表情，让我浑身不爽。后来我给许爽发短信，问为什么我就不能贴广告单呢？难道我不吃饭吗？许爽说，你就当没有看见他们了。许爽是我现在的女朋友，长得很漂亮，内心也有柔软的部分。我想为她一个人放弃部分追求，做一个有家庭责任感、有担当的男子，可是我越来越恐慌，我怕有一天，我什么都没有。她总是说要跟朋友一起去吃饭，我劝她少喝酒。她答应我不喝酒，但是手机却无法保持通话，这让我增添了很多的担忧。有时候觉得好累，好想一觉睡去，第二天醒来，一切都是幸福的模样。

领班的是两个中年女人，把我们分成了两个小组，我跟着一个只讲求效率失去温情的女人，然后大家像鬼子进村一样地毯式轰炸进小区与小区之间。刚开始我觉得很有趣，这么多人在一块干活，的确是一件很美好的事情。慢慢地这种心情随着时间的推移开始变成沮丧，大家的脸最后都失去了血色。大半个城市的街角，几乎都被我们走到了。当我走过后，看着刚建起的大楼里被我们亲手贴上去的广告单，总觉得自己有一种罪恶感。有时候也会发生令人很感动的事情，遇上好心的人，温柔地接过我们的广告单，还有人专门多拿一些，说是为了减少我们的负担。在面对感动与自己的职责之间的抗衡时，真的很难分出谁对谁错。再加上路上扔满了我们刚刚发出的广告单，看着清洁工阿姨在炎热下追赶那些被风吹动的单子，我突然想笑又笑不出来，心里有隐隐的疼痛。也许现实已经允许这个世界出现既不抗衡又不顺从的矛盾吧。

等到下午的时候，大家都坐在地上不动了。有人感叹还是当学生好，不愁吃穿，懒懒散散，钱不好赚啊！可是时间是一把杀猪刀，只会一次性让血流殆尽。没有谁的人生可以重来一次。

回到寝室的时候，天快黑了。我来不及洗头，匆匆洗了一把脸，便打开电脑，回复今天的各种邮件。城市的霓虹在闪烁，这一切又开始在我眼前浮现。孤独与梦想，苦难与曙光。我开始重新排列我的人生，有些游戏从一开始就结束了，我却一直把它当作真的。有些事情，永远都没触及。只要早点醒来，一切都尚早。谁的人生没有磕磕碰碰，无论如何，我们都不要忘记最初的梦想，并且接受善良、虔诚、责任，这也是一种修行。

歌声温暖的冬天

相当长的一段时间里，我表现得特别焦躁。天天为一些琐碎的事情费神，其实这些事情我可以置之不理，因为好与坏都与自己无关。我是一个喜欢管别人闲事的人，同时我也不得不承认自己是一个好人。

路过地下通道，看到一个卖艺的青年。他在那里弹着吉他，有一群人围着他看。聪明的男生会在女朋友面前表现出自己博大的悲悯情怀，从裤兜里掏出面额十块二十块的钞票扔到青年的吉他包里。

我已经不太喜欢凑热闹了，就像朱自清文章写得那样，热闹是他们的，我什么也没有。等到下课后，我又要经过那里，那个青年还在那里歌唱，身旁围着的一群男女都已经走散，他的声音也没有刚才那样轻松自然了，更多的是夹杂着人情冷漠、世态炎凉。我急着赶路，想赶快回到寝室写一个约稿。当我经过他的时候，脚步依然匆忙，可是快要出通道口的时候，我的脚步却不由自主地停了下来。

"爱曾经来到过的地方，依稀留着昨天的芬芳，那熟悉的温暖，像天使的翅膀，划过我无边的心伤。相信你还在这里，从不曾离去，我的爱像天使守护你。若生命只到这里，从此没有我，我会找个天使替我去爱你。"

多么熟悉的声音啊！自从高中毕业后，已经三年多没有听过了。那时候，我喜欢一个叫芊的女子。她崇拜许嵩，许嵩的歌曲理所当然就成了我经常要听的歌曲了。但是这首《天使的翅膀》并没有因为一个人的出现而在我世界里淡化。确切地说，因为一个人，我更加要听这首歌。后来，她还是离去了。我曾经答应她，要给她索要一张许嵩的签名唱片，不久前，我在网上找到了她，问她还记得我给她的承诺吗？她说忘记了。也许从一开始就注定，青春年华里的少年，无论怎样，总是会有一个是认真的。如今，我也只能像三年前一样对她说："若生命只到这里，从此没有我，我会找个天使替我去爱你。"

这歌声不断地在我内心激起千层浪花，还有他的声音跟安琥和西单女孩都不同，我会觉得他唱得更好听。我走了过去，从裤兜里掏出一块钱放在了他的吉他包里。他看着穿着单薄衣服的我，眼睛里透露着一种相见恨晚的目光。他并没有因为我的到来而中断歌声，直到他唱完后，他才面带微笑地对我说，唱了很久了，嗓音有点沙哑，多多见谅。我说，挺好的，我喜欢。其实我也不太懂音乐，因为都是艺术，都能表达人内心的感情，所以总能引起共鸣吧。

他又给我唱了一首张震岳的《再见》，他的歌声里透露着那种揪心的疼痛，让人总是能因为他的歌声而流泪。最后他唱着唱着哭了，眼泪像断线的珍珠，落到了和弦上。我能听到泪水破碎的声音，我想他应该是一个有着很多故事的人。后来，他好像看出了我的心事，确切地说，我们都看出了对方的心事，因为懂得，所以只字不提。

"爱曾经来到过的地方，依稀留着昨天的芬芳，那熟悉的温暖，像天使的翅膀，划过我无边的心伤。相信你还在这里，从不曾离去，我的爱像天使守护你。若生命只到这里，从此没有我，我会找个天使替我去爱你。"

那晚他告诉我，他深爱的女人离他而去，他热爱音乐，就像热爱自己的生命。我是一个感性又特别理性的人，所以对待煽情，并不会一下子就感动。后来好多天里，我依然会经过地下通道，但是再也没有见到过他。我开始对他产生了一种敬佩的心情，至少他的消失证明了他那晚上对爱情的依依不舍和对音乐的热爱。他不是一个靠取别人的施舍生存的人，他只是深爱他的女人，更热爱他的音乐，所以他心里郁积了过多的痛楚，他想通过歌声发泄出来。对世界和夜晚发出一个信号：这个夜里有一个深情的男子，他又想她了。

最后一次见到他时，东北已经下雪了。他弹吉他的时候，手在颤抖，他的声音已经不再那么忧郁了。我依然和往常一样，会主动在他的吉他包里放一块钱。朋友说，我太善良。我对朋友说，我这是对艺术与信仰的尊重，因为冬天，我们都需要温暖。

老远的地方，他就开始向我招手，似乎我们已经成了老朋友。他又给我唱了那首《天使的翅膀》，他还告诉我，他已经从爱河中走出来了。我也告诉他，我喜欢那首歌曲，其实跟他一样，我们都是有着很长故事的人。

那些年，我们一起追风的少年

118

他淡淡地笑了，我也笑了。

或许他再也不会来到这里唱歌了。有些东西，离开也是一种解脱。而今后的每个夜晚，路过地下通道的时候，似乎我都能听到那美妙的歌声悠悠地传来。

人生，多一些似曾相识的感觉，真好。

青春是一颗忧伤的子弹

"听说学校要放假三天，组织大家去春游呢！"

"你听谁说的哦？"

"我刚才在老师办公室外边听到的。"

肖飞逸悄悄地对周宇说，还嘱咐周宇千万别对别人说起。

虽然是悄悄话，还是让旁边的朱晓琪听到了。朱晓琪烫着一头黄卷发，经常挨老班批。有一次班会上，老班说，有些人染个黄头发，你也改变不了你是个黄毛丫头。虽然老班没有指名点姓，大家都知道这是在说朱晓琪。全班就数她特殊，平日里除了后面的几个捣蛋鬼跟她说话，很少有人愿意搭理她。那天，老班说完那句话后，全班没有人笑，唯独周宇哈哈笑了出来，因为这句话让她突然间想起了前一晚看的一部动画片里的情节。可在朱晓琪看来，这分明在取笑她。朱晓琪于是记下了仇，一直以来都想找个机会报复。正好这件事情让她听见了，她觉得她报仇的机会到了。她便悄悄把那条消息散播开来，还强调一句是周宇亲口对她说的。

后来全校同学都在议论放假的事情，还未到周五，大家都开始浮躁了。当时正是上面检查安全工作的关键时刻，关于放假的事情，很快传到了教导主任那里，主任大发雷霆，表明一定要查出散播谣言的学生，还要给予处分。肖飞逸开始急了，他除了周宇谁都没有告诉，周宇亲口答应他不乱说的，怎么就给捅出去了呢？他越想越生气。

他来到周宇身边问，这条消息是不是你走漏的？周宇当场发誓对谁都没说起。

难道还有人比我早先一步得到信息？想到这里，肖飞逸终于松了口气。

还未等他坐下，老班气哼哼地走进来说："周宇来办公室一趟。"

同学们都惊呆了，老班今天火气好大，大家聚在一起开始议论了。有人说周宇这下完蛋了，她不该乱传播小道消息。肖飞逸开始心虚了，故意对着同学们说："你们别乱说哦，周宇肯定是冤枉的。""肖飞逸你就别给周宇说好话了，大家都知道是周宇说的，难道就你不知道吗？"后面一个同学补充道。

完蛋了，周宇这下被老师叫去，肯定会把他供出来。该死的周宇，以后我再也不相信你了。肖飞逸边想边骂道。

过了一会儿工夫，周宇便被放回来了。周宇看了肖飞逸一眼，趴在桌子上号啕大哭。

完蛋了，周宇一定把我供出来了，现在该怎么办啊？

肖飞逸越想越急。

"同学们，学校鉴于周宇初犯，平时表现良好，决定给予反省思过，但是要写三千字的检查，一表警示。还有同学们以后都别偷偷窃听老师们的谈话了，免得跟周宇一样把学校下周全校打扫卫生，听成春游了。"

"老师，我觉得周宇不会窃听别人说话的，我怀疑有人栽赃陷害。"张磊说道。

"你怎么知道她没有呢？你又不是她。"朱晓琪反驳道。

"朱晓琪，关你屁事啊，周宇哪得罪你了？"张磊与朱晓琪三言两语吵了起来。

"安静，安静，你们是不是翅膀硬了，不把我放在眼里了？周宇已经承认是她说的了，大家不要再议论了，这件事情就到此为止了。"老班说完带上门扬长而去。

周宇，居然没有把我供出去，还替我当了挡箭牌，刚才我还生她的气，真是该死。肖飞逸心里不停地骂自己。

"周宇，对不起，明明是我说的，让你替我背黑锅了，我要向老师说明，不能这么冤枉你。"肖飞逸对正哭着的周宇说道。

"没事，只有你和我知道这件事，我把你说出去了，我也脱不了干系，与其把你说出去，还不如我一个人挡了，反正左右我都是挨批评。"周宇一边擦眼泪一边说道。

"哎呀，这还演上琼瑶剧了，还说帮别人，别把自己说得太伟大。"朱晓琪故意提高嗓门，让周宇听到。

周宇看了她一眼，转身冲出了教室。

肖飞逸狠狠地瞪了一眼装作什么事也没有的朱晓琪，随后跟着跑了出去。全班同学都不知道到底发生了什么事情。外面突然下起了雨，班长觉得情况不妙便跑去报告给了老班。老班就跑来问怎么回事，旁边的同学都说周宇跟朱晓琪发生争吵了。

"刚才到底怎么回事，给我老实说出来，周宇如果出意外，我让你好看！"老班气得直瞪朱晓琪。

朱晓琪便把事情的头尾说了一遍。老班气得眼睛直冒火："你知不知道刚才在办公室里，有人说是你说出去的，我们想找周宇核实一下情况。谁知周宇说与你无关，全是她干的。看来她不光替肖飞逸背黑锅，也替你背黑锅。孩子，你们到底有啥仇恨需要这样诋毁啊？"说完话，老班丢下朱晓琪，带着几个男生迅速追了出去。此时外边雨下得更大了。教室里的同学们开始都骂朱晓琪了。朱晓琪像一只呆鸡，突然号啕大哭，冲出了教室门。走在大雨中的朱晓琪哭着不停地喊周宇和肖飞逸的名字，眼泪一滴一滴落下，早已分不清是雨水还是泪水了。

老班很快在河边找到了肖飞逸和周宇，看着匆匆赶来的老班上气不接下气的样子，周宇和肖飞逸既害怕又感动。

"周宇，都是我不好，是我嫁祸于你的。"朱晓琪突然哭着从河岸那边跑来。

"是我不好，我知道你一直记恨我以前笑你，我不是故意的，但愿你不要再记恨我了。"周宇哭得更厉害了。

"朱晓琪，你怎么可以这样对待你的同学啊？"一旁的肖飞逸也哭了。

第五辑 青春是一颗忧伤的子弹

"孩子们，你们都还小，正是成长的年龄，少不了磕磕碰碰，只要想开了，一切矛盾都会迎刃而解。你们从各地相遇在一起是缘分，不要因为小事情影响你们纯真的友谊。我是班主任，今天的事情，我也有责任，我没有带好你们。"老班大声说道。

"老师，是我不好，我不该偷听别人的谈话。"

"老师与他无关，是我的问题。"

"老师，是我们不好。"全班同学都早已来到了河边大声喊道。

"同学们，你们都没有错，未来的道路上，希望你们都能像今天这样敢于承担责任，老师因为有你们这样的一群学生而自豪。"老师还未说完，同学们便拥抱在了一起。那时，雨渐渐停了，阳光也出来了，每一张脸上都是幸福的模样。

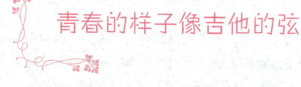

青春的样子像吉他的弦

那年，他以高出录取线一分的成绩幸运地上了县重点高中，而她却是那年的中考状元。后来，用他自己的话说，他们是两个不同世界里的人，却被命运阴差阳错分到了同一个班级。

他叫程鹏，她叫苏菲。

他穿着一身名牌，却没有人怀疑他那一身是冒牌货。她穿着简单，长相普通，整天板着一副冷峻的脸，除了学习还是学习，好像别人欠她钱一样。很少有人愿意跟她打交道，所以她身边的朋友很少。在他眼里，她却是个坚强的女孩。

那天放学后，他踢足球把脚崴了。去医院的路上，不小心撞见了苏菲正在跟一位清洁工争吵，旁边的墙角里还放着一个扫把。程鹏决定躲在不远处先观察一番。原来苏菲刚才昏倒了，医生说是贫血，抓点药，多吃点补品就好了。而苏菲觉得药太贵，坚持说自己没事，以后注意点就行了，好人喝什么药啊！苏菲突然发现了站在不远处的同学，脸上瞬间变红了，然后松开那位清洁工的手头也不回地走了。等到苏菲走后，程鹏决定探究一番，这才发现原来这位清洁工是苏菲的母亲。苏菲的母亲听说程鹏是苏菲的同学，激动地问起苏菲在学校的点点滴滴，程鹏都一五一十地相告。苏菲的母亲听到苏菲在学校很努力，眼睛里闪烁着泪光，不停地在长叹。等到苏菲的母亲走后，他从另一个清洁工那里打听到苏菲的故事。

十三岁那年，苏菲的父亲遭遇矿难，从此与母亲相依为命。母亲是个清洁工，整天起早贪黑，从城南扫到城东，却拿着一份特别低微的薪水。无论是读初中时还是上了高中，她对谁都不曾提起也会拒绝别人询问她的家庭情况。每到放学的时候，她都会走得很快，生怕遇见母亲，觉得让同学们发现她的母亲是个扫大街的，会让她在同学们面前抬不起头来。除了学校和班主任知道她家庭比较困难外，没有一个人知道苏菲至今还欠着学杂费。学校因为她学习好，家庭困难，减免了一半，剩余的钱学校也没有催要过。

不知道为什么，从那以后他有一种无法诉说的疼痛。他在为苏菲的遭遇感到心疼的同时，更多的是肃然起敬。这样一个坚强的女孩，却在那么小的时候就失去了父爱。从此无论苏菲做什么他都格外关心，似乎苏菲的一切行为都与他有关。他开始从生活中悄悄走进苏菲，尽管苏菲很长一段时间都躲避他的眼光，拒绝别人走进她的世界，他都要尽力表示那天他什么也没有看到，已消除苏菲的自卑。

他发现苏菲没有吃早餐的习惯，中午一般不回家，会到校园背面的那个角落看书，那时候一般都没有人在校园里，她会从背包里取出空瓶子然后跑到水龙头上盛满自来水，把准备好的馒头从背包里取出来，边喝水边啃馒头。这就是她的午餐，难怪那天她昏倒了。程鹏看在眼里，疼在心里。有一种良知的谴责，促使他做了一个大胆的决定。他决定从那时开始接近苏菲，帮助她。

"苏菲，你学习那么好，可不可以帮我补习啊？"

"我没有时间，自己的事情自己看着办。"

第五辑 青春是一颗忧伤的子弹

"不要这样嘛，我不想让别人看不起，我想好好考一所大学，希望你能帮我一下。"

"那好吧！"

听到苏菲的应允，他的心情难以言说。他已经找过很多理由接近她了，发现以补习的形式最妙。而且据他的研究，苏菲是个比较自卑的女孩，生害怕别人看不起她，所以在学习上始终保持强势，而他只要说到自己学习差、不想被人看不起，肯定能引起苏菲的共鸣。如他所愿，过去十五年他没有来得及参与她的生活，未来三年他终于走入了她的世界。

"苏菲，你在那干吗啊？"程鹏问道。

"没干吗啊。"看到程鹏突然发现了她，她慌张地把馒头藏进了背包里，同时也为程鹏的到来感到惊奇。

"你别惊讶啊！我住的地方太远了，这天气太热，来回吃个饭麻烦得很，在这里吃还节省时间。"

"哦！"苏菲简单地应了一声。

"你待会帮我讲几道题哦！还有我有一个天大的忙需要你帮，本来想找别人的，可是中午大家都回家了。只要你帮我，以后你有什么事情，只要用得到我程鹏的地方，说一声，我上刀山下火海在所不惜。"

程鹏这一席话说得苏菲害怕了起来，忙问道："什么忙哦？"

"你可不可以帮我分担一点午餐啊？我发现我吃不完这些。"

苏菲的脸色立即变得冷峻起来，感觉自尊受到了打击。程鹏发现情况不妙，立马解释道："苏菲同学，你别多想，如果你不帮我，那我就找别人，我想也没有人能帮我。"程鹏故意做出一副苍白无力的样子。

"吃不完倒掉不就可以了吗？"苏菲的脸色慢慢松弛了下来，说道。

"我也想这样啊，可是妈妈从小就教育我，不许浪费粮食，那是对劳动人民的不尊重，老师不也经常给我们说浪费粮食可耻吗？"

程鹏发现这个理由很合乎情理。苏菲不说话了，陷入沉默当中。程鹏知道苏菲已经默许了，他趁机把提来的午餐分了一半给苏菲，还不忘说了句谢谢。这让苏菲很纳闷，尽管她很需要天上掉下来的面包，并且真的掉了面包，但她不需要别人的施舍，别人可怜她，对她来说是一种自尊的伤害，她宁愿吃自己的馒头喝自来水。她本以为这个男孩纯粹就是心血来潮学习几天就不会再有热情了，谁知他还有这么一副好的心肠。这让她打心里为她拥有这样一位朋友自豪，或许他将会是她在这所学校里唯一的真心朋友吧！

就这样，他说的鬼话她居然全信了。

从那以后，他们中午都不回家。苏菲一放学就习惯性地来到校园后面的花园里，程鹏则一下课就飞快地往食堂奔去。有时候程鹏不来，她就悄悄地把馒头从背包里取出来继续啃她的馒头。而她装的馒头时常会背回去，时间久了，她母亲便起了疑心，有一次问她，怎么午餐没有吃啊？你可是我活下去唯一的眷念，饿坏了可不成啊。母亲每天也会给她零花钱，她都保存下来买复习资料了。她骗母亲说，你给的零花钱我买吃的了，所以馒头节省了，你难道心疼你的钱啊？让我啃馒头吗？她这一席话立马打消了母亲的顾虑，反而觉得对不起女儿。

每到同学们快来上课的时候，他们就不能再待在一起了。虽然吃完饭后她会给他讲练习题，但生怕别人误会。不过有时候她还会主动问他有没有不会的题，因为她觉得不管别人以什么样的理由请她吃饭，那都是欠别人的，所以她尽量用其他的方式补偿给他，这样她才觉得踏实。退一步说，她还没有收取他的补习费呢！想到这里，她才不会因为觉得亏欠别人太多而感到不安。

程鹏的进步很快，半年的时间从最后几名挤进了中上游。老师经常在课上夸奖程鹏进步很快。程鹏比较幽默，跟什么样的人都能有交集，所以他每次请教苏菲的时候，别人也不会说太多闲话。在一次班会上，老师让同学们积极发言，最后点名程鹏说几句，他看了看周围，很得意地说："同学们，你看我程鹏，想要展翅飞翔，如果我飞不上天空，作为同班同学的你们也有责任哦。还有作为学习委员的苏菲同学，你可要负全责哦，同学们你们觉得呢？"全班齐声说道："晕。"只有苏菲的脸色立马红了起来。班主任看到学生们如此团结，很开心，顺势做出决定："大家以后就满足程鹏的要求，不懂的题大家都给讲解一下，还有苏菲，以后尽量帮帮程鹏同学，我真想看看我们班的这只大鹏怎么个展翅飞翔呢！"老班说完这句话后，全班同学又笑了起来。

突然有一天，程鹏居然拿着一个大塑料袋子在校园里到处捡塑料瓶子和易拉罐，这让同学们都很惊讶！一时间程鹏的举动成了学校的新闻，大

第五辑 青春是一颗忧伤的子弹

家都说，程鹏疯了吧，我看他也不像缺钱的样子啊！还有的同学开玩笑说，可能是这家伙吸毒了。这话也传到了苏菲的耳朵里，并且苏菲也亲眼看到了。大家都表现出不可思议的样子。鹏程倒是一副啥事也没有发生的样子，一到下课就开始捡塑料瓶子。再后来，他的好朋友王希也加入了他的拾荒队伍。他俩一到下课就成了同学们取笑和议论的对象。

有一次上数学课，他俩迟到了。

老师问为啥迟到，还未等他俩回答，同学们齐声说："卖瓶子去了。"然后大家开始笑了起来，他俩也很不好意思地笑起来。

"你还有脸笑，卖瓶子就不好好学习了吗？那能卖几个钱啊？何况你家里也不靠你这两个钱过日子。还有王希，我没有记错的话，你妈妈在银行工作，你不至于这样吧！""数学老师就是这样，说话都跟函数一样，精确到小数点。"程鹏给王希悄悄说道。

"程鹏，你议论的啥？"数学老师问道。

"没啥，我跟王希说下次不能再迟到。"程鹏发现情况不妙，立马变了过来。

"还有下次？"数学老师真是数学老师啊，逻辑都不一样，问得他俩立马说道："没有下次了。"逗得同学们又一阵大笑。

在这期间，程鹏中午还会去找苏菲，可是不知道为什么，苏菲开始躲他了，死活也不再吃他的饭了，而且几天里都表现得很难过。

"苏菲同学，你以为我真的穷到拾荒吗？我那是为了保护环境，你看，为啥日本人第二次世界大战后能强大起来，就是人家环境意识好，懂得资源循环利用，我们作为未来的人才，不能没有忧患意识，我们拿什么给我们的子孙后代呢？"程鹏这一席话说得苏菲无地自容，突然间发现程鹏好伟大，她都开始崇拜程鹏了，还表示要加入到程鹏的拾荒队伍里。

程鹏激动地伸出右手。

"干吗啊？"

"欢迎啊，欢迎你加入我们的团队。"

就这样，在学校里拾荒的不再是程鹏一个人，还有苏菲。他们的行为立马在学校传播开了。有人议论说，当年的中考状元都跟着捡瓶子了。正好赶上了学校的一个演讲，程鹏报名参加了，并且获得了第一名。评委老

那些年，我们一起追风的少年

师给他的颁奖词是："鹏程同学言辞溢美，落落大方，更重要的是他的这种良好的保护环境意识和为社会做贡献从小事做起、从我做起的精神，值得我们当代学生学习。"

鹏程立马成了保护环境的楷模，在全校大会上还被校领导大赞一番，只是希望他们不要因为此事影响学习。大家也理解了他为什么捡瓶子。平常大家有瓶子也会主动给他，学校里很少有人再把瓶子乱扔了。

王希的妈妈坚决反对儿子下课后捡瓶子，说保护环境是对的，但是会影响学习。就这样，没过多久，只剩下他跟苏菲。

"苏菲，要不我们不用拾荒了，反正也改变不了人们乱扔垃圾的习惯，虽然学校一味地强调环境意识，可是你看大家的热情也就是那么几天而已。"

"看你吧！我也就是看见了随手捡一个给你而已。"

从那以后，校园里再也没有人看到程鹏捡垃圾了。同学们都开始取笑道："环境卫士，高调了几天，也不去了啊！"他不会生气，幽默地回答道："环境卫士，要高考了，等高考完后，我要变成垃圾车，把祖国大地上所有的垃圾拉到废品回收站去！"逗得同学们大笑不止。

"大家先把手里的笔停一下，听我说句话。"班主任突然间走到教室里对大家说道。同学们立马把手里的笔停了，等着看老班到底宣布什么样的圣旨。

"程鹏，恐怕不能跟大家一起努力拼搏了。"说这句话的时候，老班的情绪不像往日那么严肃，很是伤感。

"为什么？"同学们伸直了脖子问道。

"生病了，白血病。"说完这句话，老班眼泪横流。毕竟老班是个女老师，非常感性，加之程鹏平日里学习好，跟大家关系也不错，还经常逗大家开心，就更是难过。同学们开始唏嘘不止，纷纷表现出不可思议的样子。

"程鹏要立马做手术，需要大笔的钱，因为程鹏家里情况特殊，父母离异，又是矿工子弟，没有能力支付高昂的手术费，为此学校已经成立募捐小组，专门为程鹏同学募捐。程鹏同学跟我们相处两年了，希望大家都能尽绵薄之力。"刚说完，老班控制不住哭了。白血病对于大家来说，那是绝症，只要得了白血病，那就意味着死亡。

同学们都开始议论纷纷，只有苏菲什么话也没说。她欲哭无泪，心里却很憋屈。等到下课后，苏菲再也控制不住了，冲出教室门，向后院跑去。她的眼泪像芦花一样一束一束掉落。回想起这两年多的青葱岁月，他对她真的太照顾了。她又想起那个少年说过，因为太远不能回家，吃不完饭，让自己帮他吃，想到这里的时候，她似乎明白了，这一切都是个局。从一开始就决定了她是王，他心甘情愿当保护她的将。她哭了很久很久，风不断地吹干了她的眼泪，又有一滴眼泪从脸上滑落。

高考结束后，她不负众望。考上了一所重点大学。学校有一个规定，凡是考上重点大学的学生都能得到一笔奖励。那天班主任打电话让她过去取奖金。她无比激动，心里暗自说道，终于可以在毕业之时把欠学校的学费还清了，而且还是用学校的钱给学校交，想到这里，她更加感觉生活美好。

"老师，我来了！"她站在办公室门口说道。

"恭喜你，苏菲。快进来吧！"另一位老师激动地说道。所有的老师都表示有苏菲这样的学生很开心。这让苏菲心里乐开了花，但她心里不忘她的奖金。

"苏菲，快去财务处领你的奖金。不要乱花，将来留着上大学用哦！"老班嘱咐道。

"嗯嗯，老师，谢谢你这几年来没有催我交学费，让我一直拖欠到了今天。我准备用奖金交学费，剩下的当车费。"苏菲乖巧地说道。

"什么？学费？你不是交清了吗？"老班迟疑地说道。

"没有啊，我一直都没有交啊！"苏菲也很惊讶，猜想一定是老师搞错了。

老班找出了缴费收据，上面清晰地写着半年前苏菲交学费的金额。这让苏菲半天说不出话来，她把头都想破了也不记得交过学费，况且这对于她来说也不是一笔小数字。

"你再想想，你再想想。"老师们都安慰道。

"老师，我确定我没有交费。老师你还能记得起这是谁交的费吗？"苏菲问道。

"我记得是程鹏，他那次来办理休学手续，说还要顺便交你的学费，说你有事情，让他帮你交费。"

"天啊，那不是他刚查出患白血病的日子吗？怎么还有钱给我交费啊？"

其实苏菲一直都不知道，那些钱是程鹏拾荒积攒下来的。当年他做了一个准备，就是要帮苏菲交学费。他听说塑料瓶还可以卖钱，于是不怕丢人，说开始就开始了。人啊一旦下定目标，真的没有任何困难能阻挡。苏菲永远都不知道，程鹏两年来从未停止过拾荒，只是等到她放学后，他悄悄地去捡瓶子。每天积攒几个，就这样日复一日积攒了很多。可想而知，他帮苏菲交的学费要捡多少瓶子卖才能攒够啊！

苏菲拿着奖金，从办公室出来，却再也没有一点开心的样子，头脑里昏昏沉沉。她真的想不通，程鹏怎么有那么多钱给她交费，还有，程鹏为什么要帮她支付这么多的钱啊？

想到这里，她感觉亏欠他很多，这让她突然很纠结。她决定把这笔钱连本带利还给程鹏，半年来，因为高考，她已经好久没有听到过程鹏的消息了。虽然好几次她都试图打听关于程鹏的消息，却没有一个人知道。也不知道程鹏现在什么情况了，想到这里，她有点淡淡的忧伤。

她在王希那里打听到了程鹏家的地址。那是一个比较脏乱的居住区，在城东，而她家在城南。她沿着滨河路来到了城东，当她敲响了地址上的程鹏所住的院子的时候，开门的是一个年轻人。她礼貌地问对方程鹏是否住在这个院子里时，年轻人说，这个院子里没有程鹏这么个人。她刚要问以前是否住着程鹏的时候，一个女人却把他喊进去做饭了。

也许程鹏从来都没有在这里住过，那些地址是假的；也许程鹏一家搬到另一个地方去了；也许世上从来就没有程鹏这么一个人。难道这是一个梦吗？苏菲从巷子里走出来，看着这条破败的巷子里的房子，她浮想联翩……

小·时代

"因为害怕，将只敢在梦中喜欢你的我的那部分，吵醒，于是乎，我默念了一首诗给你听，打开诗集的动作，很小心，很轻。"

每当听到这样的歌声，我都会想起那些属于我们的两小无猜。那也是我们自己的小时代。风筝飞得那么高，凌晨三点的潮水很安静，世界干净如皎洁月光下的乳房。我们是一群追星的少年，你喜欢郭敬明的《小时代》，我崇拜韩寒的《三重门》，从此我们成为两个信仰不同的人。后来，《三重门》上荧屏了，没有引起轰动，最近《小时代》也上演了，几天的时间里却成了票房冠军。亲爱的少年，难道我们的小时代无辜落幕了吗？

虽然《小时代》上映不久，褒贬不一，我也没有看过《小时代》，就像你一直讨厌看《三重门》，但这不影响长大后的我去欣赏更多的美。听说电影中借用了某专栏作家的演讲词："世界是个浩渺的宇宙，我们是发出微弱的光的小星球。"

亲爱的少年，我们要放下一切，勇敢去爱，我们的青春似水流年。这是你说的，你还记得吗？我们不仅是与众不同的沙尘，作为每一颗沙粒，我们要勇敢舞蹈，把自己的个性喊出来！用微弱的光亮，还宇宙一片霞光。

亲爱的少年，那时候，我们站在同一片星空下，四十五度仰望。你说这样的角度让你觉得很踏实。每当下课后，我们总能走到一起，调侃老班与你们的"囧"事。十分钟显得弥足珍贵，还有好多没有说完的话，准备等到下一节课后把它继续说完，转眼间我们就高三毕业了。

有人剪下一小片纸条，画上一只猪头，写上你的名字，贴在你的背上，然后等待大家一起取笑，看你发现后气得噘嘴的样子。也有人顶着被子在台灯下小心翼翼地写着情书，写到天亮，地上扔满了废纸，准备了好长时间最终还是不敢送给你。有人把写完的情书永远锁进了抽屉，成为一个永远的秘密，有人等到你不在教室的时候，悄悄将它夹在了你的语文书里。后来，听说你拿着书去找老师背诵，老师发现后，批评了你，为这你苦恼了很长一段时间。你让我猜测这是谁写的，你要挖地三尺也要把这个人找出来大卸八块。我郁闷的是，你怎么看不出那是我的笔迹啊！庆幸的是你不知道是我，否则我就惨了。亲爱的少年，我多想告诉你，青春年华里暗恋你的人中还有一个我。我却再也没有勇气和机会对你说了。

我们骑着单车，穿梭在四季不同的风里。寂静的榕树下，我们努力背诵着唐诗宋词，整天倔强地拿着英语小册子。见到染黄头发的少年，你就说那是坏小子，让我们几个也离他远点。后来，下晚自习后，你在半路上被人打劫，救你的那个人却是坏小子。为这你感动了好久，你却不知道，那个坏小子，他也暗恋你，只是他自知没有可能，所以对你最好的表达方式是尽量不打扰你。

毕业那天，我们都喝了好多酒。你说，崇光，简溪，我们的小时代要结束了，我们不能每天一起上学，一起读书，下课后聚在一起调侃了。崇光，简溪，是你最喜欢的人物的名字，所以你把我们都当作崇光，简溪。你说，无论在天涯海角，我们永远都是最好的朋友。你说，毕业的感觉真好。转过身，你却靠在我肩上哭了。

亲爱的少年，我们的小时代永不散场，无论今天的你我在天涯还是海角，都不要忘记我们曾经在一起的那些简单而凄美的日子。不要忘了，你说的，我们永远是最要好的朋友。